문화시리즈 **5**

간도 가이드

해란강여울

문화시리즈 ⑤

간도 가이드

해란강여울

정호원 편

KSI 한국학술정보(주)

|차례|

해란강 전설

용정에서 강을 따라 서남방향으로 상류를 거슬러 올라가면 강 양안 좌우에 주암산과 비암산이 서 있었다. 옛날 강을 사이 두고 주암산 기슭과 비암산 기슭에는 의좋게 사는 두 마을이 있었다. 두 동네 분들이라고 해봤자 이 강물로 관개농사와 고기잡이로 살아가는 화전민들과 어부들이었다. 하여 농가와 어부들은 무척 강물을 감로수로 간주하고 생명수로 아꼈다. 비암산 기슭의 난이와 주암산 기슭의 해는 처녀, 총각으로서 한 고향 소꿉친구였다. 반두로 물고기 잡이도 같이 했고 일터에서도 서로 돕곤 했다. 은근한 정은 미묘한 사춘기를 넘어 아름다운 그리움으로 키워갔다. 매일 만나도 내내 그립기만 했다. 실로 일남일녀는 끔찍했다.

어느 해 가을 두 마을 감농꾼들은 산더미 같은 낟가리를 쌓아 놓았다. 풍어기 속에 말린 건어물들도 하늘가에 높이 솟았다. 풍년의 노다지를 듬뿍 장만한 채 무난히 과동하려 할 때였다. 어느 날 갑자기 흑운이 덮이고 폭풍우가 몰아치더니 천지간은 불시에 번갯불과 우레 속에 몸부림쳤다. 난데없는 웬 악마가 나타나 행패를 부리는 것이었다. 대가리엔 뿔이 잔뜩 돋고 몸뚱이엔 가시가 돋쳐 보기만 해도 대뜸 소름을 쳤다. 악마는 불을 뚝뚝 떨어뜨리며 장도를 휘둘러댄다.

"핫하하 흐흣흣, 하늘 아래는 내 땅이다. 내 해란 말이다!"

심술궂게 포악성을 부린 악마는 양식과 건어물들을 모조리 빼앗아가고 또 두 마을 처녀들을 납치해 갔다. 속수무책인 마을사람들은 날아가는 악마를 멍하니 바라볼 뿐이었다. 겨울이 왔다. 어부들이 얼음을 뜨고 고기를 잡으려 했으나 거울처럼 맑던 물이 꺼멓게 흐려졌다. 고기는커녕 그림자도 볼 수 없도록 몽땅 달아났다.

이듬해 가을 악마는 또 들이닥쳤다. 재난을 당한 동네는 수라장이었다. 더는 참을 수 없게 된 이웃들은 판가름으로 악마를 요절내자고 윽박질렀다. 해는 추장(酋長)으로부터 서슬 푸른 장검을 넘겨받았다. 추장이자 촌장이었던 그분의 윤허는 이제 곧 마을운명을 결정하는 지시가 내포되었으며 공동체부락을 도탄에서 구하여 달라는 신칙이다. 농군들은 호미, 낫, 지게를 들고 어부들은 노대를 들고 힘장사 해는 장검을 추켜들고 생사판가름에 나섰다.

악마가 또 장도를 휘두르며 습격해왔다. 용감무쌍한 해는 선두에서 악마에게 일격을 가했다. 해와 악마는 강가에서 칼부림을 날리었는데 온종일 승부가 나지 않았다. 해의 장검과 악마의 장도가 한데 어우러져 무시로 서릿발을 날린다. 금속마찰음이 주암산과 비암산에 울려 퍼진다. 사람들은 해 지기 전에 악마를 처단하라고 징을 울리며 이구동성으로 해를 성원했다. 악마가 응원함성에 놀라 그쪽에 대가리를 돌리는 것이 아니겠는가!

바로 이때 기적이 나타났다. 서슬 푸른 칼날이 반공에서 번쩍하며 호를 긋더니 악마의 대가리가 강가에 뚝 떨어졌다. 환성이 백사장과 수풀 속에서 터져 올랐다. 그러나 기쁨은 순간이었다. 강가에서 풀떡풀떡 뛰던 악마의 대가리가 또다시 목에 붙을 줄이야……. 악마는 눈깔을 부릅뜨고 해를 향해 단말마상(斷末魔相)으로 덮쳐든다. 죽기내기로 쌍불을 켰다. 더는 한 발자국도 물러설 수 없었다. 우레 같은 함성이 터졌다. 응원의 목소리다.

떠나갈 듯한 함성 속에 악마는 대가리를 제대로 맞추지 못한 채 갈팡질팡한다. 대가리의 위치가 틀린 악마는 좌충우돌한다. 해는 부지불식간 내뛸성을 폭발하고야 말았다. 노한 사자마냥 악마한테 짓쳐 들어가 단칼에 목을 내리쳤다. 바로 악마가 절로 빗찌른 칼부림에 휘청거릴 때다. 해는 이 절호의 기회를 다잡아 장검손잡이를 180°로 휘둘렀다. 치솟아 오르는 장사 힘 속에 장검의 끝이 번쩍거린다. 악마대가리가 동강이 났다.

맙소사, 백사장에 데굴데굴 굴러다니던 대가리는 또 목에 척 붙을 줄이야……. 백열전이다. 일진일퇴가 반복된다. 자웅을 다투는 장사겨룸이다. 이웃들은 목이 터지게 응원하며 올가미를 던졌다. 올가미는 면바로 악마의 목에 철렁 걸렸다. 명중이다. 이와 때를 같이하여 해의 장검이 공중에서 반호를 그리며 번뜩거리더니 악마의 목을 썩둑 잘랐다. 악마는 또 목에 다시 붙이려고 대가리를 주어 들었다. 악마의 대가리가 풀떡풀떡 뛰며 금시 목에 다시 붙으려는 위기일발에 난이는 치맛자락을 날리며 쏜살같이 뛰어든다. 동시에 치마폭에 감쌌던 물푸레나무 재를 선지피가 뚝뚝 떨어지는 악마의 모가지에 콱 쳐놓았다. 해가 악마를 이기지 못하자 그녀는 남몰래 조바심을 쳤던 것이다. 악마가 자꾸 떨어진 대가리를 다시 붙이자 그녀는 그만에 집에 달려가 아궁이에서 물푸레나무 재를 파내 치마폭에 담아왔던 것이다. 물푸레나무 재라는 차단제에 의해 악마의 머리가 다시 붙는 요술은 급기야 끝장났다. 그러자 악마의 대가리가 더는 붙지 않더니 흉측스런 몸뚱이와 함께 쾅 - 하며 진창에 뻐드러졌다.

이로써 간악하고 포악하던 악마는 철저히 끝장났다. 와
-, 사나이들은 의협심 강한 해를, 무동을 태우기도, 헹가
래를 치기도 했다. 또 난이를 둘러싸고 얼싸 좋다 절씨구
에루화 하며 개선가를 복창하기도 했다. 이로부터 강물은
티 없이 맑아졌고 수족류들은 종전처럼 다시 몰려들어 날
따라 번식했고 옥토 벌엔 황금벼가 넘실거렸다.

원수와 싸워 이긴 백사장에서 영용무쌍한 해와 지혜롭고
슬기로운 난의 결혼식이 성황리에 거행되었다. 모꼬지는 열
광의 도가니 속에 잠겼다. 청송녹죽에 청실홍실을 늘인 병
풍은 신랑신부의 길상을 축복하기에 족했다. 축복과 희망은
푸른 물결을 따라 해일(海溢)을 타고 굼실굼실 춤을 췄다.

"해야!"

"란아!"

"강아!"

"오, 해란아! 해란강아! 해란강이여!…….."

이때로부터 이 강의 이름을 해란강이라고 부르게 되었다.

해란강의 원뜻은 만족어로 해란비라 유수하이다. 물이
느릅나무 숲으로 흐른다고 해서 생긴 이름이다. 장백산에서
뻗어 내린 남강산맥과 애령산맥의 분기점을 이룬 증봉산,
화룡사람들이 흔히 베개봉이라고 부르는 계곡으로 해란강
의 발원지를 찾아 흐르는 실개천을 거슬러 올라가노라면
느릅나무 숲이 우거져 있어서 그 이름의 유래에 새삼 공감

을 느끼지 않을 수가 없다. 바로 연변조선족자치주가 창립되던 날부터 우리 민족은 '장백산도 춤을 추고 해란강도 노래하네.'라는 구절의 노래를 줄곧 불러왔다. 장백산이 민족의 성산으로 의식된 것처럼 해란강도 연변의 상징으로 굳어졌던 것이다. 그만치 해란강은 우리 민족과 운명을 같이해온 강이라는 생각을 품고 답사의 길을 재촉하노라면 해란강 물결 속에 비친 역사의 모습이 그대로 가슴을 부풀게 하고 해란강 물소리 속에 슴베인 역사의 숨결이 그대로 심장을 고동치게 한다.

해란강 첫 코숭이에서 처음부터 발목을 잡는 것은 1920년 나라를 빼앗긴 망국노의 가슴에 광복의 희망을 심어준 청산리대첩을 알리는 기념비 그리고 화룡시 부흥향, 토산향을 경유하여 복동하, 봉밀하, 장인하와 합류하는 평강벌 입구에서 멀리 발해의 도읍지인 서고성을 만나고 다시 세전이벌을 지나 부르하통하와 만나는 지점에서 동하국의 도읍지였던 성자산성을 에돌아간다. 그리고 가야하와 합류하여 봉오동 전적지를 지척으로 바라보며 도문시에 이르러 두만강과 합류되기까지 147킬로미터의 긴긴 해란강의 여정은 그대로 수천 년 역사의 흐름인 것이다. 물길을 따라 2936평방킬로미터의 해란강 유역에 터를 잡고 살아가는 현실을 답사하노라면 세월을 거슬러 역사의 현장에 발목을 잠그고 물굽이마다에 얽힌 전설에 묻히게 된다.

해란강 유역에서 제일 처음 벼농사를 시작한 것은 1907년 화룡현 소오도구, 오늘의 화룡시, 동성향 명풍촌이란다. 그것은 1900년 용정부근 대불동보다는 7년 후이고 1870년 통화현 상전자보다는 37년 후의 일이며 멀리 발해시기와는 천 년의 세월을 사이에 두고 있다. 말하자면 녹주의 벼, 발해의 천 년의 꿈을 이룬 셈이라고나 할까?

쌀의 질은 토질과 수질이 우선이다. 2백여 년 인적이 단절된 상태에서 자연 그대로 걸우어진 땅이니 토질은 구구히 의논한 여지가 없다. 해란강은 물론 해란강에 합류하는 20여 갈래의 지류들도 모두 이면수, 버들치, 모래무치, 돌종개, 가재가 노니는 맑은 강물이었다. 거기에 해란강의 유래를 말해주는 전설의 주인공 해와 난과 같은 개척민들의 정성과 피와 땀이 슴베였으니 알알의 벼 알은 진주와 같은 보배가 되지 않을 리가 없었으며 드디어 녹주의 벼가 다시 살아났으리라!

해마다 장마철이면 장정들도 빠져 죽던 해란강은 겨우 고무신을 띄울 만하고 물빛은 뜨물같이 흐리고 푸른 이끼가 돋아있던 강바닥엔 썩은 물질이 한 뼘씩 깔려 있다. 강둑에는 주민들이 사사로이 지은 뒷간이 촘촘히 세워져 있고 뒷간에서 흘러내린 누런 똥물이 그대로 강물에 씻겨든다. 거기에 공장폐수가 흘러들어 해란강은 통째로 하수도였다.

연변조선족자치주 인민정부에서 생태주를 건설할 데 대한

구상을 내오고 그에 따르는 정책들을 실시하기 시작한 몇 년 사이에 해란강이 다시 살아나고 있음을 볼 수 있어서 다행스럽다. 그리고 시장이 녹색식품을 선호하면서 해란강의 벼가 새롭게 포장되고 있다. 하지만 녹색입쌀과 일반 입쌀의 가격차이가 크지 않아 미적지근하다. 상등 녹색입쌀 한 근 가격이 1원짜리 아이스크림을 방불케 하는 현 상태에서 농촌의 모습은 별로 달라질 것이 없으리라는 생각이다.

연변농촌의 반수 이상이 한전지대처럼 시장의 수요에 따라 곡물을 자유로이 선택할 수 없는 수전지구이고 수전지구의 주민 대부분이 조선족이라는 현실을 감안하면 오늘날 조선족농촌에 폐가가 많은 이유를 알 것도 같다. 그러나 그것이 어찌 보면 다행스러운 일인지도 모른다. 조선족들이 원래 수전농사를 선호해서 골을 떠나 벌로들 모여들었던 만큼 호당 차례지는 수전면적이 한 헥타르도 안 되었는데 이농민의 급증은 오히려 규모생산을 가능하게 만들고 있어서 잘된 일일 수도 있는 것이다. 농촌인구의 감소를 보고 조선족사회가 무너진다고 아우성치는 것은 일종 광대놀음이다. 손바닥만 한 논에 명줄을 걸고 아글타글해 봤대야 밥 먹고 죽벌이밖에 안 되니 오히려 그것은 올챙이가 작은 논꼬 물에 몰려서 바글대듯이 다 같이 못 하는 인민공사의 재판이기도 하다.

아름다운 우리 연변의 농촌을 건설하려면 도시공업의 발

전으로 농촌노력을 도시로 이끌어와 농촌인구를 대폭 줄어야 하며 동시에 도시의 인재와 자금이 농업에 투입되어야 한다. 이제 농업은 농민만의 일이 아니거늘 그제 해와 난이 볍씨를 뿌리고 가뭄과 장마를 이겨서 하던 그런 시대는 지나갔음을 알아야 한다. 훗날의 해란강의 전설의 내용은 오늘을 살아가는 우리들이 과학에 기초한 규모화경영으로 시장을 공략하여 경쟁에서 승리하는 것으로 된다.

　해란강의 유래와 함께 그 전설은 영원한 여울소리로 전해가리라!

조선민족의 이주 역사

연변은 중국에서 조선족들이 가장 많이 모여 있는 지역이다. 19세기 중엽부터 한반도의 정세는 대내외적으로 혼란에 빠지고 자연재해가 끊이지 않아 많은 빈민들이 재난을 피하여 국경을 넘어 중국으로 들어왔다. 1875년 청나라 정부에서 봉쇄령을 해제하고 이민정책을 시행하였다. 1881년 길림 장군 등은 지금의 연길시인 남강(南崗) 등의 황무지에 이민을 모집하기 시작하였다. 그 이듬해에 훈춘(琿春)에 초간총국(招墾總局)을 설치하였다. 1882년 돈화지현(敦化知縣)을 설치하고 조선인들을 모집하여 황무지를 개간하였다. 1885년 청나라 정부에서는 두만강 이북의 길이 700리, 너비 45리에 이르는 지역을 전간구(專墾區)로 삼았다.

그리고 1883년에 설립한 화룡욕, 광제령, 서보강 등지의 통상국을 월간국(越墾局)으로 고치고 조선인의 이민 업무를 겸하도록 하였다. 1891년 길림 장군은 훈춘의 이민총국과 월간총국을 월간총국으로 통합하고 남강으로 이전하여 하바령 이동의 광활한 지역을 남강 초간국 관할로 편입시켰다. 이러한 조치들은 연변 지역 개발에 대하여 많은 역사적 의의를 가지고 있다.

정부에서는 전문 기구를 설립하여 조선인들을 모집하고 황무지를 개간함으로써 국고 수입을 늘린 동시에 지방 관리들과 지주들도 갖은 방법으로 재원을 늘려나갔다. 그들은 숙식과 농기구, 종자 등을 제공한다는 조건으로 조선인들을 고용하거나 황무지를 그들에게 임대하여 개간하도록 하였다. 이러한 좋은 조건으로 조선인들의 이민은 갈수록 더욱 늘어날 수밖에 없었다. 그들은 두만강 유역 등지에 촌락을 세우고 중국 경내의 고정적인 하나의 민족 성원이 되었다.

1890년 중국의 동북 지역에 일찍부터 눈독을 들인 짜리로씨야는 의화단운동이 동청철로(東淸鐵路)의 안전을 위협한다는 것을 구실로 군대를 동원하여 중국을 침략하였다. 이로써 연변과 조선 북부 지역은 짜리로씨야의 손아귀에 들어가게 되었다. 조선 북부의 많은 조선인들은 외세의 치욕과 착취를 견디지 못하고 연변 지역으로 도망쳐 들어왔다. 1909년에 이르러 연변에 정착한 조선인 수는 34,133호,

184,867명으로 늘어났다. 1910년 일제가 조선을 강제 점령한 후에 많은 파산한 농민들과 항일투사들이 연변으로 이주하여 정착하였다. 통계에 의하면 1910년 9월부터 1911년 말까지 이주해온 사람만 19,000여 명에 달한다.

봉쇄령의 해제와 함께 조선인들은 시베리아와 연변에서 북만주로 이주하여 동녕(東寧), 녕안(寧安), 해림(海林), 목릉(穆棱) 등지에 조선 간민촌(墾民村)을 세웠다. 1900년 동청철로를 건설하기 위하여 짜리로씨야는 시베리아와 조선에서 많은 조선인 근로자를 모집하였다. 철로가 완공된 후에 대부분의 근로자들은 하얼빈, 일면파(一面坡), 횡도하자(橫道河子), 목릉, 등 동청로 동쪽의 목단강과 목릉하 유역에 거주하였다. 우쑤리 강 연안의 무원, 요하, 호림, 보청, 밀산 등지의 조선인들은 먼저 시베리아에서 이주해왔고 그후에 다시 계속하여 동만주 남만주 한반도에서 이주해왔다. 치치할의 조선인들은 한반도 북부로부터 시베리아를 거쳐 이주해왔고 만주의 조선인들은 19세기 말 영고탑(寧古塔)에서 눈강(嫩江) 유역을 거쳐 이주해왔다.

빈번한 이주와 왕래를 통해서 조선인들은 중국 동북의 만족, 한족 등과 함께 다양한 모습으로 섞여 살게 되었다. 이주 초기에 조선인들의 생활은 매우 비참하였으나 만족과 한족을 비롯한 주변 민족의 도움과 자체적인 노력으로 점점 생활은 개선되어 나갔다. 이로부터 오랜 풍파를 거치면서 그들은 동북의 각 민족 백성들과 함께 생존과 운명을 같이하면서 조선족이라는 새로운 하나의 민족공동체로 발전하게 되었다.

조선족은 풍부한 투쟁의 역사를 가진 민족이다. 그들은 오랫동안 반제·반봉건과 관료자본주의 투쟁을 하면서 많은 생명과 선혈로써 중국혁명사의 한 장을 수놓았다.

1930년대부터 동북의 강산이 일제의 식민지로 전락하자 이 지역에 살고 있던 조선족들도 비참한 처지에 놓이게 되었다. 통계에 의하면 1933년부터 1935년 사이에 연길현(延吉縣)에서만 2만여 명이 일제의 총칼에 목숨을 잃었다. 이와 동시에 일제가 중국 항일세력과 조선족의 연합을 막기 위하여 강제 수용소 정책을 추진하자 조선인들은 삶의 터전인 집과 땅을 버리고 뿔뿔이 흩어지게 되었다.

일제의 잔혹한 통치 앞에서 영웅적인 조선족들은 결코 굴복하지 않고 중공연변구위(中共延邊區委)와 함께 항일투쟁에 적극적으로 가담하였다. 1930년 봄부터 1932년 봄까지 그들은 연변지구에서 '5·30폭동', '8·1길돈(吉敦)폭동'과 추수춘황(秋收春荒) 등의 투쟁을 연속적으로 전개하여 일제의 오만한 기세에 많은 타격을 가했다. 유명한 항일부대인 동북항일연합군 속에서 조선족 지휘관은 상당한 비중을 차지하고 있었으며 11개의 군급 편제 단위 속에는 모두 조선족 항일지사가 있었다. 그중에서 제1군과 제7군은 절반 이상이 조선족 항일지사로 편성되어 있었다. 그들은 장백산과 흑룡강 사이에서 일본군을 맞아 생사를 돌보지 않고 용감하게 싸웠다. 그들의 이러한 영웅적인 투쟁은 중국항일혁명사상 영원히 지워지지 않을 것이다. 이 외에도 조선족들은 의복과 식품을 제공하거나 정찰 통신 업무를 맡는 등 다른 방법으로도 항일을 적극적으로 지원하였다.

항일전쟁 중에 조선족들은 다른 소수민족들과 함께 일제를 물리치기 위하여 공동으로 작전을 수행하고 서로를 지원하면서 감동적인 사적을 많이 남겼다. 예를 들면 1931년 3월 하순, 중공 동만특위(東滿特委) 서기 동장영(童長英)의 비장한 최후라 하겠다. 그때 동장영은 병세가 위독한 상태에서 전투를 지휘하다가 적에게 발견되었다. 그때 동장영이 잘 걷지를 못하자 그의 간호사이던 조선족 여인 최숙정(崔淑貞)은 자신의 목숨을 돌보지 않은 채 동장영을 업고 이리저리 피해 다녔다. 그러나 결국 혼자의 힘으로 역부족일 줄이야……. 두 사람은 최후의 탄알을 쏘고 장렬하게 순국하였다. 그리고 1938년 가을 안복순(安福順) 등 8명의 조선족과 한족 항일연합군 부녀단의 여전사들은 극악무도한 적군들에 대항하여 용감하게 일어났다가 탄약과 식량이 다하자 함께 오사혼하(烏斯渾河)로 몸을 던져 영광스럽게 목숨을 바쳤다. 이 8명의 여인이 강물에 몸을 던진 비장한 이야기는 대대로 전해오면서 각 민족이 일제에 대항하여 함께 싸운 상징이 되었다.

≪조선족간사≫(朝鮮族簡史)의 기록에 의하면 조선족들은 항일전쟁에 물질적으로 최대한의 지원을 하였을 뿐만 아니라 인적으로도 막대한 공헌을 하였다. 10여 만 명의 조선족들이 어렵고도 힘든 전투에 참가하여 만여 명의 조선족 전사들이 항일전선에서 목숨을 바쳤는데 연변 조선족 자치주만 하더라도 1,713명의 조선족 항일 열사가 있었다.

일본이 항복을 선언한 후 중국에는 다시 내전이 시작되었다. 이에 5만여 명의 조선족들이 중국 인민해방군에 가입하여 해방전쟁에 참가하였다. 통계에 의하면 연변지구에서만 참전 용사가 52,051명에 이르렀는데 그중 85%가 조선족이었다. 그들은 이 전쟁에서도 용감하게 선전하여 많은 공을 세웠다. 전선의 지원과 구호 활동 등에서도 조선족들은 눈부신 활약을 하여 연변지구에서만 전선을 지원한 사람들이 222,300명에 달했다.

연변 각 현, 시 명칭의 유래

::연길

　연길시는 연변조선족자치주 수부로서 연변의 정치, 경제, 문화의 중심지이다. 연길시의 총면적은 1,350평방킬로미터이다. 연길은 청나라가 동북지구를 봉금한 시기에는 '남항위장'이라고 불리었으며 후에는 연집강, 연길강이라고 불리었다. 현재 연집향의 이름도 여기에서 유래한 것이다. 청나라가 봉금정책을 폐지한 다음 더욱 많은 사람들이 이곳에 이주하게 되었다. 연길시가 위치하고 있는 지형을 놓고 보면 분지로서 지세가 비교적 낮고 주위가 높은데 낮은 산으로 둘러싸여 있다. 그리하여 이곳은 늘 '연기가 뒤덮인 것

이 안개처럼 자욱해' 사람들은 연길을 '연집'이라고 부르게
되었다. 연길은 비교적 일찍 개발된 지역의 하나이다. 당시
조선 사람들은 연길을 지단성이라고도 하였으며 1907년 이
후에는 국자가라고도 했다.

연길시 중심부를 흘러 지나는 부르하통하 이름은 여진어
로 버드나무가 무성하다는 뜻이라고 한다. 1931년 '9·18'
이후 일본제국주의는 연변을 강점하고 연길에다 '간도성공
서'를 설립했다가 후에 '간도시'로 개칭했다. 1952년 길림성
인민정부에서는 연길을 연길시로 개칭했다. 그 후 연길은
연변조선족자치주의 정치, 경제, 문화의 중심지가 되었다.

:: 도문

도문은 만족어 '투먼써친'에서 유래했다. '투먼'이란 만이
란 뜻이고 써친은 강의 원류라는 뜻으로 '투먼써친'은 여러
갈래의 물이 합친다는 뜻이다. 역사기록에 따르면 도문은
'통문'(通門), '토문'(徒門), '타만'(駝滿), '도문'(圖門), '토
문'(土門), '두문'(豆門), '치문'(馳門) 등 여러 가지 이름으
로 불리었다.

청나라 때 도문은 '남항위장'(연길)에 귀속되었다. 1880
년경부터 사람들이 거주하기 시작했는데 그 당시는 회막동
이라고 불리기도 했다. 지금의 역전 부근은 우후평이라 불

리었다. 1933년에 돈화 - 도문철도가 개통되면서 회막동은
시발역이 되었다.

당시까지 도문의 명칭이 통일되지 않아 각계에서 문제가
제기되었고 또한 회막동이라는 명칭이 국제도시의 이름에
부합되지 않았으므로 1933년 5월 21일 회막동경찰서에서는
9명의 관민대표를 불러 지명개칭에 대한 일을 논의한 결과
6월 1일부터 정식으로 도문으로 개칭하기로 했다. 1965년 5
월에 도문진은 연길현에서 분리되어 연변조선족자치주 직할
시로 되었다.

:: 화룡

화룡은 토명으로 화룡욕이라고 불렀는데 이는 화룡 개발
초기 조선 사람들이 부르던 이름이다. 화룡욕(峪)이란 만족
어로는 두 산이 한 골짜기를 끼고 있다는 뜻이다.

화룡은 달라즈, 삼도구라 불리기도 했다.

광서 10년, 즉 1884년에 중국과 조선이 서로 내왕하면서
상부지로 개방되었으며 광서 28년(1902년)에는 연길부의 관
할하에 귀속되었다. 1910년에 화룡현을 설치하였는데 그 당
시 현 소재지는 지금의 용정시 지신인 달라즈였으며 1940
년에는 삼도구로 소재지를 옮겼다. 삼도구란 오늘의 화룡진
이다. 옛날의 화룡현은 해란강을 경계로 지금 용정시에 귀

속된 해란강 남부와 화룡에 귀속된 해란강 남부 지역이다. 해란강 북쪽 지역은 연길현이었다. 또 비암산을 경계로 서쪽은 화룡현, 동쪽은 연길현이었다.

:: 훈춘

훈춘이란 이름은 ≪금사≫에도 나오는데 처음에는 '강물', '지류'란 뜻으로 쓰였고 점차 그 뜻이 바뀌어 '성읍', '변경', '국경지역'이라는 뜻으로 쓰였다.

명나라는 훈춘 일대에다 훈춘위를 설치하였으며 청나라는 강희 53년, 즉 1714년에 훈춘협령을 설치했다. 그 후 광서 7년에 훈춘부도통을 설치했다. 1905년에 훈춘은 상부지로 개방된 뒤 연훈지방의 중요한 통상구가 되었다. 그래서 문헌에는 '인가가 조밀하고 말이 줄쳐 다닌다.'고 기록되어 있다. 1931년에 훈춘진이 되었다가 현재는 훈춘시가 되었다.

:: 왕청

왕청은 역사상 하나의 역참에 불과했다. 그것은 너무 편벽하여 개발하기 어려웠기 때문이었다. 이 지역은 지형이 군대를 주둔시켜 수비하는 데 유리했으며 변경의 요충지였다.

왕청이란 여진어의 '보루'를 의미하는 왕친(旺欽)의 음역

인데 본래 뜻은 '가죽이 두꺼운 돼지'라는 뜻이다. 몇 년간 자란 돼지는 가죽이 두꺼워 쉽게 파열되지 않으므로 '보루'라는 뜻으로 파생된 것이다. 또한 재산이 쉽게 흩어지지 않는다는 뜻도 나타내고 있다.

청나라 선통 6년인 1902년에 왕청에 현을 설치하고 하순참이란 곳에 소재지를 두었다가 후에 지금의 배초구로 옮겼다. 1935년 목도선 철도가 개통된 후 대두천 즉 오늘의 왕청진으로 소재지를 옮기었다.

:: 용정

용정은 조선족들이 이주해온 역사가 아주 긴 고장이다. 19세기 7, 80년대에 조선 사람들이 이주해와 살면서 이곳을 용두레촌이라 불렀다. 용정은 조선 회령으로 드나드는 육도구의 산골에 위치하고 있었으므로 한족들은 이곳을 육도구라 부르기도 했다.

용정에 대한 여러 가지 이야기가 전해지고 있는데 우물에서 용이 하늘로 날아 올라갔다고 하여 용정이라고 했다는 설이 있다. 역사기록에 의하면 1900년부터 청정부에서는 육도구와 용정촌 두 가지 지명을 함께, '9·18' 이후 정식으로 용정촌으로 명명했다고 한다. 1907년 일제는 용정촌에다 '통감부 간도파출소'를 설치했으며 1909년 11월에 간도총령

사관으로 개칭했다. 청정부는 이곳에 상부국을 건립하였고 1913년에 중화민국정부에서는 연길현을 설치했다.

:: 안도

안도현은 연변의 서남부에 위치해 있다. 현 산하에 6개 진, 7개 향, 222개 촌이 있다. 현의 총 면적은 7,438평방킬로미터이고 인구는 22만 명 정도 되는데 조선족은 25%쯤 차지한다.

'안도'란 도문변방을 평안히 한다는 뜻이라고 하며 안도현의 소재지인 명월진은 '밝은 달'이라는 뜻으로 지은 이름이라고 한다. 안도현은 자원이 풍부하여 커다란 보물창고라 할 수 있다.

장백산맥이 남쪽에서 북쪽으로 길게 뻗어 있고 삼림자원이 풍부하므로 현 내에 백하임업국, 안도임업국, 안도삼림경영국이 설치되어 있다. 또한 야생동물이 많고 식용야채도 많으며 광산물도 풍부하다. 물이 많아 수력발전소도 갖추어져 있어 공업도 상당히 발달되어 있다.

특히 안도현에는 몇백 리 뻗은 장백산맥으로 하여 경치가 뛰어나서 가는 곳마다 유람지가 펼쳐지고 있는데 무엇보다 장백산이 있어 관광객이 많이 찾고 있다. 그러나 이 백두산관광객을 현지에서 모시지 못하고 교통이나 숙박시

설 등으로 하여 많은 유람객들은 연길로 발길을 옮겨야 하
는 상황이다.

::돈화

돈화는 오도리성 혹은 아크돈이라고 불리었는데 만족어
로 '바람어구' 혹은 '견고하다'는 뜻이다. 돈화는 유구한 역
사를 가지고 있다. 돈화는 옛 도읍지로서 일찍 698년에 발
해국은 여기다 도읍을 정했다. 청나라가 연변지구에 대한
봉금정책을 실시할 때 돈화는 액목 혁라좌령의 관할하에
있었으며 후에는 황실의 사냥터로 되었다. 돈화는 청나라
광서연간인 1880년에 현으로 되었다. 돈화현의 제1임 현장
이었던 조돈성의 말에 의하면 "돈화는 풍속에 의해 이름을
지은 것인데 덕으로 다스린다는 의미를 갖고 있다."고 했
다. 1914년에 연길도에 속했다가 1929년에 길림성에 귀속
되었고 1958년에 연변조선족자치주 관할에 귀속되었다.

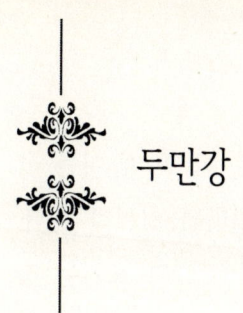

두만강

두만강의 길이는 610km, 국경하천으로서의 길이 547km, 유역면적 3만 3,269.5㎢이다. 두만강 지류 중 그 길이가 5km 이상 되는 것은 약 150여 개이며 그 가운데 50~100km는 하천은 6개이다.

두만강 상류에서는 서두수(西頭水)라고 불리며 대홍단군과 무산군의 경계에서 지류인 석을수와 합류한 뒤에는 두만강이라 불린다. 두만강의 명칭은 고려강(高麗江)을 비롯해서 도문강(圖門江 또는 徒們江), 토문강(土們江), 통문강(統們江)으로 표기된 문헌도 있다. 도문강이란 말은 '새가 많이 사는 골짜기'라는 뜻의 여진어에서 비롯되었다고 풀이하기도 한다. 또 '두만'이란 말은 중국 원나라의 지방관

직 만호(萬戶)를 여진어 발음으로 '두맨'이라 하며 이를 한 자어로 표기하면 '두만'이 되는 데서 비롯된 것이라 한다. 따라서 도문, 토문, 동문의 호칭에서 '문'(們) 자 표기는 장백산 정계비 부근에 '문(門) 모양의 토벽'의 유무와는 관련이 없는 것으로 보인다.

지질은 상류에서는 신생대 제3기에 분출한 현무암과 조면암, 중상류는 화강편마암, 중하류는 화강편마암 위에 상부고생층과 제3계(第三系)가 퇴적되었고 하구연안은 화강암지대이다. 상류의 용암대지에서는 지표수가 지하로 복류하기도 하며 원시림이 발달한 곳은 하곡이 뚜렷하지 않은 경향도 있으나 곳곳에 습원이 분포하기도 한다. 상류의 하계는 대체로 수지상 하계망을 이루며 중류의 무산에서 회령까지는 감입곡류하천을 이룬다. 온성을 지나 하류의 평지로 접어들면 하천경사가 완만해져 주운(舟運)이 용이하다. 온성에서 강 하구 사이에는 유로변동이 심하고 퇴적작용이 활발하여 곳곳에 하중도와 우각호가 형성되어 있으며 강하구에는 삼각주가 발달하였다.

두만강 기후는 한서의 차가 매우 큰 대륙성기후지역이다. 1월 평균기온 −20℃ 내외, 8월 평균기온 18∼20℃ 내외, 연평균기온 4∼6℃ 내외이다. 연강수량은 500∼700m로 가장 비가 적은 곳이다. 강 유역은 대부분 임산자원이 풍부한 임야지역으로서 두만강 재(材)라 불리는 뗏목이 특히 유명하다.

예로부터 두만강은 대륙교류의 관문 역할을 하였다. 두만강에는 모샘치와 비슷한 잉어과의 민물고기인 두만모재를 비롯하여 산천어, 연어, 송어, 열목어, 황어, 잉어, 빙어 등 40여 종의 물고기가 서식하고 있다. 유역 내에서는 쌀, 보리의 재배가 거의 불가능하고 감자 귀리, 아마 등의 특수 작물을 많이 재배한다. 두만강 중상류 지역은 한대 침엽수림대의 원시림이 풍부한데 대체로 침엽수가 76%, 활엽수가 24%를 차지한다.

장백산

장백산의 높이는 2,750m이다. 북동에서 남서 방향의 장백산맥과 북서에서 남동 방향의 마천령산맥의 교차점에 위치하는 화산이다. 화산폭발에 의해서 덮인 부석이 회백색을 나타내며 꼭대기는 1년 중 8개월 이상 눈에 덮여서 희게 보이기 때문에 장백산이라 부른다. 장백산을 만주어로는 '귀러민산예아린'이라고 부르는데 '귀러민'은 길다[長], '산예'는 희다[白], '아린'은 산을 각각 의미한다.

문헌에 나타난 장백산 최초의 이름은 《산해경》(山海經)에 불함산(不咸山)으로 기록되어 있으며 역사의 흐름 속에서 단단대령(單單大嶺), 개마대산(蓋馬大山), 태백산(太白山), 장백산(長白山), 백산(白山) 등으로 불렀다. 한국의 문헌에서 장백산에 관한 기록은 일연(一然)의 ≪삼국유사≫ (三國遺事) ≪기이편≫에 태백산(太伯山)이란 이름으로 처음 나타나며 ≪고려사≫에도 "압록강 밖의 여진족을 쫓아 내 장백산 바깥쪽에서 살게 했다." 하여 '장백산'의 명칭이 문헌상에 처음 기록되었다.

백의동포들이 장백산을 민족의 성산(聖山)으로 본격적으로 숭상한 것은 고려시대 태조 왕건의 탄생설화부터라고 추정된다. 백두(白頭)라는 이름은 성해응(成海應)의 ≪동국명산기≫(東國名山記), 이유원(李裕元)의 ≪임하필기≫(林下筆記) 등의 문헌에 의하면 장백산의 산정이 눈이나 백색의 부석(浮石)으로 4계절 희게 보여서 희다는 뜻의 '백'(白)자를 취하여 이름 한 것으로 보인다.

장백산의 범위는 천지 중심의 암장 활동에 따른 화산암의 분포지로 한정해볼 수 있다. 장백산 화산암의 분포지까지 합하면 3만㎢에 이른다. 또한 해발고도 1,800m까지는 완만한 경사(8~12°)를 나타내 방패 모양의 순상화산이나 1,800~2,500m는 급경사로 종 모양의 화산을 이룬다. 장백산의 중앙부에는 천지가 있으며 그 주변에는 이중 화산의 외륜산에 해당하는 해발고도 2,500m 이상의 봉우리 16개가 천지를 둘러싸고 있는데 모두 회백색의 부석으로 덮여 있다. 이 가운데 6개 봉우리는 조선에 속하며 7개는 중국에 속하고 3개의 봉우리는 국경에 걸쳐 있다. 따라서 천지

수면에서 장군봉 꼭대기까지는 600m의 비고로 장백산 중
앙부는 넓고 파란 호수 주변에 비고 약 500m의 회백색 산
봉우리들이 둥그렇게 둘러 있어 아름다운 경관을 이룬다.

::자연환경

__지질과 화산활동 및 지형

장백산은 구성암석과 지질구조에 의해서 크게 5부문의
수직구조로 파악된다. 해발고도 1,000m까지는 완만한 경사
의 현무암대지이다. 이는 제3기 말인 310만~1,990만 년
전 6회의 화산분출로 200~400m 두께의 현무암대지가 만
들어졌다. 이는 방사능원소들의 붕괴로 만들어진 열점에서
의 열에 의해서 암석들이 부분적으로 녹아서 지하 3~5km
의 암장에 모였다가 자체 압력이 증가되면서 열곡구조의
약한 틈을 따라서 분출한 현무암이다. 이 현무암은 잘 흐르
는 염기성 용암이 굳어진 것으로 천지 주변의 200~300km
범위에 흘러서 3만㎢의 장백산 화산암의 분포지가 되었다.

천지 주변의 해발고도 2,500m 이상의 장백산 꼭대기 지
표면은 40~60m 두께의 회백색 부석으로 덮여 있다. 이는
가스가 많고 폭발력이 큰 화산에서의 분출 마지막 시기에
나타난 것으로 공중 분출물이 떨어져 덮인 것이다. 부석은
고온의 암장이 지상에 분출됨에 따라서 이에 용해되어 있

었던 휘발성분과 수증기 등의 가스가 증발되어 바위 부스러기에 구멍이 많이 생기게 된 것으로 가벼워서 물에 뜬다. 이와 같은 천지 주변의 부석더미는 장백산 화산활동의 최후시기를 나타내며 천지 형성과정과 그 시기를 나타내는 증거가 된다.

천지는 수면의 해발고도 2,190m, 평균수심 213.3m, 가장 깊은 곳 384m, 남북거리 4.85km, 동서거리 3.55km, 둘레 14.4km, 면적 9.165㎢로 매우 넓고 깊은 호수이다. 일반적으로 암장의 분출만으로 이루어진 화구는 그 둘레가 2km 이상을 넘지 못한다.

장백산은 해발고도 약 2,000m가 수목한계선이 되어 이보다 높은 지대는 짧은 여름철에 풀만 자라는 산악 지대에 속해 주빙하지대이다. 천지 주변의 그늘진 골짜기에는 가장 더운 달인 7월에도 눈이 남아 있고 땅속 0.8~1m 깊이 이하에 영구 동토층이 있어 여름에도 녹지 않는다.

장백산 꼭대기에서는 강한 바람이 부는 때가 많아 바람이 깎은 지형현상으로 풍식구멍, 풍식버섯, 풍식기둥 등이 암석에 많이 나타나 있다.

__기후

천지 주변의 연평균기온은 −7.3℃이며 1월 평균기온 −

24.0℃, 7월 평균기온은 8.5℃이다. 월평균기온으로 보면 영상의 기온은 6~9월의 4개월간 10℃ 이상으로 오르지 않고 영하의 월평균기온은 10월에서 다음 해 5월까지 8개월간 계속된다.

__동·식물과 토양

장백산에는 650여 종의 식물종이 분포해 있다. 이는 최근 200~400년 전의 화산활동의 영향으로 새로운 식물천이가 이루어지는 과정에 있기 때문이다. 또한 장백산은 해발고도가 매우 높기 때문에 고도에 따라서 식물종의 분포가 뚜렷해 식생의 수직분포를 보인다.

교목대로 잎갈나무, 분비나무, 가문비나무 등의 침엽수림과 자작나무, 사시나무, 달피나무 등이 분포한 침, 활엽수림의 혼합림대를 볼 수 있다. 교목 밑에는 물싸리나무, 들쭉나무, 까치밥나무 등의 관목림과 초본이 자란다.

장백산의 토양은 해발고도 1,600m까지는 갈색삼림토양이며 1,600m에서 수목한계선인 2,000m까지는 산악포드졸성 토양, 그 이상의 높이에서는 산악초원토양이다.

__물과 자원

천지의 총 저수량은 20억 톤으로 그 가운데 70%는 빗

물이며 나머지 30%는 지하수가 솟아오른 용천수이다. 천지에는 물고기는 없고 식물성 플랑크톤이 5종, 작은 동물과 곤충류가 4종, 그리고 이끼가 생장한다.

장백산의 최대자원은 적송, 잎갈나무, 가문비나무, 자작나무 등 삼림이다.

__등산 및 조사활동

장백산에 관한 최초의 등산기록은 1764년(영조 40) 함경도의 실학파 선비인 박종이 쓴 ≪장백산유산록≫이다. 그는 5월 14일 함경북도 경성을 출발하여 5월 23일 장백산 꼭대기에 오른 후 6월 2일에 돌아와 18일간에 걸쳐서 장백산을 등산했다. 최남선은 1926년 7월 24일부터 8월 7일까지 동아일보사의 장백산 탐험대에 동행하여 장백산 정상까지 오른 후 1927년에 기행문인 ≪장백산근참기≫를 발표했다. 이는 장백산의 지리, 역사, 민속뿐만 아니라 장백산 문화론, 민족정기의 고취, 조국애의 고창 등을 내용으로 한 웅대한 기행문학이다.

연변의 조선족 민족교육의 선구자
김약연과 명동학교

중국 연변에서 김약연이라면 대뜸 떠올리는 곳이 따로 있다. 바로 용정과 명동이다.

용정에서 육도하 기슭을 따라 약 20리를 올라가면 길가에 우뚝 솟은 선바위를 지나 지신으로 가는 도중에 육도하 북쪽에는 성고촌, 중명촌, 명동촌, 장재촌이 있고 육도하 남쪽에는 소룡동, 대룡동, 풍락동 등 마을이 자리를 잡고 있었는데 역사적으로 이곳을 통틀어 명동지구라고 불렀다.

백여 년 전만 하여도 이 고장은 수림이 울창하고 잡초가 우거진 무인지대였다. 19세기 말엽에 가난에 쪼들렸던 조선의 이재민들이 이 고장에 이주하여 차츰 마을이 이루어졌다. 명동에 처음으로 글방을 세운 민족교육의 선각자 김약연은 1868년 10월 24일 조선 함경북도 회령에서 출생하였다.

그는 1899년 2월 18일 조선 종성으로부터 우국지명인사들인 김하규, 문치정, 김정규, 남위언 등과 함께 중국의 연변 화룡현 지신사(오늘의 용정시 지신진) 장재촌으로 집단 망명하여 왔다. 그는 수백정보의 황무지를 사들이고 개척단 공동의 힘으로 조선족마을인 명동촌을 세웠다.

애국지사이며 한학자인 김약연은 교육의 중요성을 감안하여 1901년 4월에 '규암재'(규암은 김약연의 호)라 일컫는 서당을 꾸리였다. 주로 한학을 전수하는 구식 교육이었으나 이것이 중국조선족교육의 첫 배움터로서 교육사상 아주 큰 의의가 있는 것이다.

'서전서숙'이 폐숙되자 일부 선생과 학생들이 명동에 오게 되었다. 그들은 김약연 등 유지들과 협상한 결과 서당을 그만두고 신학교육을 실시하는 '명동서숙'을 1908년 4월 27일에 창립하게 되었다.

'명동서숙'의 초대숙장으로는 김약연, 명예숙장으로는 박무림, 재무에 문치정, 교원으로는 김약연, 김학연(김약연의 사촌동생으로 '서전서숙'출신), 남위언, 김하규, 여준 등이 취임되었다. 숙장부터 교원에 이르기까지 모두가 반일민족 독립사상을 가진 애국자들이었다.

'명동서숙'이 창립된 첫해부터 잘 꾸려져 이듬해 4월에 사립명동학교로 개창되었으며 1910년에는 중학부까지 증설되고 김약연이 교장으로 취임되었다. 1909년 신민회 산하의 청년회 회원이며 서울 상동청년학관출신인 정재면이 초빙되어 명동학교로 오면서부터 김약연은 기독교를 신앙하게 되었고 곧 명동교회를 세웠다.

당시 명동학교의 소학부의 과목으로는 국어, 한문, 산수, 주산, 이과, 작문, 습자 창가, 체조, 지리, 역사였고 중학부 과목은 역사, 지지(地志), 법학, 지문(地文), 박물, 이화(물리화학), 생리, 수신(修身), 수공, 신한독립사, 위생, 식물, 사범교육학, 농림학, 광물학, 외교통역, 대한문전, 신약전서, 중국어, 작문, 습자 산수, 대수, 기하, 창가, 체조(군사)등이었는데 교학의 착안점은 반일민족독립의식각성을 가진 인재양성에 두었다. 명동학교에서는 보다 교학의 질을 높이기 위하여 조선으로부터 황이돈, 박태항, 장지연 등 지식인들을 교원으로 초빙하였다. 민족독립운동의 선구자인 이동휘도 자주 학교에 와서 민족독립과 반일선동연설을 하였던 것이다.

1911년 3월 김약연은 여성교육의 필요성을 느끼고 명동학교에 여학부를 세웠다. 이것 역시 중국조선족교육사에서 처음으로 있은 여성교육으로 된다. 이 당시의 교원들로는 박태항, 최기학, 송창희, 황의돈, 박무림, 박태식, 장지연, 김철, 박경철, 김성환, 김승근 등이었으며 학생 수는 중학부에 160명(남자 114명, 여자 46명)이었고 소학부 보통과학생은 121명이고 고등과학생은 159명이었는데 여학부 보통과는 53명, 고등과에는 12명이었다. 여학부 교원으로는 정신태, 이의순(이동휘의 딸), 이봉운이었다. 학교는 갈수록 생기를 띠고 명성이 높아져 당지는 물론 동북 각지와 조선, 러시아 연해지구에서 학생들이 이 학교에 모여들었다. 수업료는 3학년까지 한 학생에게서 4원80전을 받고 4학년은 4원80전 외 좁쌀 6말을 더 받았으며 약간의 땔나무를 거두어들이었다.

명동학교에서는 공부할 수 없는 조선족동포들을 계몽시키기 위하여 명동, 장재, 신동에 야학교를 꾸리고 신문화를 적극 전수하였다. 명동학교는 매우 어려운 환경에서 운영되었다. 명동학교후원회에서는 학교가 창설되어서부터 10여 년간 열심히 노력하여 모은 의연금 800여 원으로 1917년에 13개월이란 시공을 하여 드디어 현대식 교사를 짓게 되었다. 당시 선생들에게는 월급이 따로 없었다.

독신으로 와 있는 선생님은 돌림차례로 학부모네 집에서 한 달씩 투숙하거나 한 집을 정해놓고 투숙하면 그 나무와 쌀을 학부모들로부터 거두어 하숙집에 들여놓았다. 가족이 있는 선생은 학비를 적당히 부치게 하였던 것이다. 그리고 선생들의 옷도 학부모들의 쌀을 거두어 판 돈으로 해결하였고 땔나무는 학부모들과 상급학년학생들이 해왔다. 학교

운영경비는 학생들의 월사금, 학전수입, 기부금, 의연금 등으로 몹시 어렵게 꾸리는 형편이었다.

이렇듯 어려운 환경 속에서도 명동학교의 여러 가지 사업은 정연하게 잘 진행되었다. 수업이 눈에 띄게 성과적으로 진행되었을 뿐만 아니라 과외활동과 사외활동 역시 활발하게 전개되어 학생들의 시야를 넓혀주고 반일민족의식과 독립사상으로 학생들을 각성시켰다. 명동학교에서는 매주 토요일 오후이면 체육, 문예활동 또는 토론회, 강연회를 조직하였다. 토론회와 강연회는 '지식이 좋으냐? 금전이 좋으냐?', '영웅이 시대를 창조하느냐? 시대가 영웅을 낳느냐?' 등 제목으로 변론하기도 하였는데 발언자거나 방청자를 물론하고 모두 변론에 용약 참가하였다.

1912년 봄, 용정촌에서 동남쪽으로 약 5리가량 되는 대교동에서 '제1차 간도학생운동회'가 열렸다. 명동학교의 수백 명 학생들은 북을 치고 나팔을 불면서 질서정연하게 줄지어 회장에 들어서면서 '애국가'를 소리 높이 불렀다. 이에 전체 대회장에 모인 학생들과 관중들도 호응하여 따라서 대합창을 하였다.

20세기 10년대 말기에 들어서면서부터 명동학교는 반일민족사상이 들끓는 배움터로 소문이 놓았다. 조선 국내에서 점차 반일운동이 격화되고 있을 때 이 학교의 선생과 학생들도 마찬가지였다. 특히 1919년 '3·13'운동 때 이 학교에서는 ≪독립선언서≫를 등사하여 각지에 보내주었다. 그리고 3월 13일날 이른 아침부터 덕신사, 지신사 등 지방의 수천 명 군중들과 학생들이 명동학교마당에 집결한 후 명동학교학생들이 선도대열로 용정으로 행진하여 보무당당히 들어갔던 것이다. 그리고 '3·13'운동 중 일제와 맹부덕부대의 무자비한 탄압으로 희생된 19명 시위자들 가운데는 삼대독자이고 16세밖에 안 되는 명동학교 중학부 학생 김홍식도 들어있었다.

1920년 1월 3일 동량리어구에서 군자금을 모으기 위해 조선 회령으로부터 용정으로 보내는 일화 15만 원을 '철형광복단'에서 탈취한 사건이 일어나자 일제는 명동학교를 이단으로 간주하고 더욱 엄밀히 감시하였다. 1920년 10월 '경신년대토벌'이 있었다. 당시 일제는 갑자기 명동에 덮쳐들어 수백 명 군중을 명동학교운동장에 몰아다 놓고 독립운동자를 내놓으라고 위협공갈하였으나 동지를 팔아먹을 명동사람이 한 사람도 없었다. 헛물만 켜게 된 극악무도한 일제는 명동학교에 불을 질러 잿더미로 만들었다.

김약연 교장은 1915년에 간민교육회를 조직하여 회장직을 맡고 전반 연변 각지의 교육사업을 추진하였고 1919년에는 러시아의 울라디보스톡으로 가서 여운영, 이동휘 등과 독립운동의 연합전선을 시도하였으나 뜻을 이루지 못하고 돌아왔다. 그는 또 '상해임시정부'의 초청으로 상해로 가는 도중 중국 민국관청에 체포되어 2년 동안 연금되었다.

명동학교의 교장직을 계임한 김정규는 교감 이규환, 학감 진석관, 재무 진진규의 협조하에 교원 윤영복, 김성훈, 기지복, 오임환, 박성두, 여교원 김신옥 등과 전교학생을 조직하여 당지 조선인들의 열정적인 협조하에 1922년부터 1923년 두 해 동안 거액의 자금을 들여 '경신년대토벌' 때 불타버린 폐허 위에 또 새 학교를 벽돌로 지었는데 교실만도 다섯 칸이었다. 이때 재학생 수는 중학생 102명, 소학생 160명, 여학생 60명이었다.

1922년 가을, 민국관청에서 석방되어 명동에 돌아온 김약연은 또다시 명동학교의 교장으로 재임하였다. 그러나 갑자년(1924년) 특대 흉년으로 하여 1925년 중학부가 문을 닫게 되자 여러 선생들도 명동학교를 떠났으며 또 일부 학생들도 용정 각 중학교로 전학하였다.

이런 상황하에 명동학교는 교회에서 경영하게 되었으며 남녀가 공학하는 학교로 되었다. 그러나 새 사조의 소용돌이 속에서 학교는 종교의 속박에서 벗어나야 한다는 여론과 외침 속에 김약연은 1928년 학교를 떠나 1929년에 평양신학교를 졸업하고 1930년부터 명동교회의 목사로 되었다.

1928년 김약연이 학교를 떠나게 되자 오을렬이 교장으로 취임되면서 명동학교는 드디어 교회의 경영을 취소하고 또다시 사립학교로 되었으며 학교의 교학내용 중 성경 학과

목을 취소하였다.

명동학교가 창설되어서부터 중학부가 1925년에 폐지될 때까지 18년간 무려 1천 명의 애국청년들을 양성하여 졸업시켰다. 이 졸업생들은 모두가 항일투쟁에 나섰거나 민족교육사업 그리고 문학가와 저명한 예술가로 청사에 길이 빛날 업적들을 쌓았다. 그중 저항시인 윤동주, 영화배우 나운규 등도 명동학교 출신들이다.

김약연은 교육의 선각자로서 1938년 2월에 용정기독교 은진중학교와 명신여학교의 이사장으로 취임되었다.

한평생 민족교육과 독립운동에 몸을 바치시었던 김약연은 1942년 10월 29일 용정에 있는 저택에서 74세를 일기로 서거하였다. 임종 시 김약연 선생은 "나의 행동이 나의 유언이다."는 말씀을 남겼다.

용정과 우물

　용정(龍井)을 뜻풀이하면 용의 우물이다. 용정 부근의 지명을 살펴보아도 용승, 용지, 용해, 용강, 용동, 용광 등 '용' 자가 들어간 지명이 수두룩하다. 분명히 용과 관련이 있는 듯하다.

　여기에 이런 전설이 있다. 먼 옛날 해란강 기슭의 작은 마을에 아름답고 선량하고 부지런한 처녀가 살고 있었다. 처녀는 늘 강가에 나가 빨래를 하였는데 하루는 장난꾸러기들의 손에서 거의 죽어가는 잉어를 구하여 물에 놓아주었다. 이 작은 잉어는 원래 동해용왕의 셋째아들이었는데 하늘규율을 위반하였기에 용왕이 그를 작은 잉어로 변하게 하여 강에 처넣었던 것이다.

잉어는 처녀의 손에서 다시 새 생명을 얻은 은덕에 감지
덕지하여 처녀가 빨래질할 때마다 처녀 앞에서 헤엄치며
노닐었다. 처녀는 잉어가 다시 애들한테 잡히지 않게 하기
위하여 작은 잉어를 마을의 우물에 넣어주었다.

그날 저녁 잉어가 걱정되어 살그머니 우물에 와보니 영
준한 총각이 처녀를 기다리고 있었다. 그 총각은 다름 아닌
잉어가 변한 것이었다.

이때로부터 이들은 달빛 아래에서 아름다운 그림자를 남
기면서 뜨거운 사랑을 속삭이었다. 그런데 이들의 사랑에도
차디찬 서리가 내릴 줄이야……. 이들의 혼인을 부모들이
결사반대하였던 것이다. 사랑에 더없이 충성한 처녀는 죽어
서도 총각과 함께 있으리라 결심하고 우물에 뛰어들었다.
순간 우물 속으로부터 한 마리 청룡이 치솟아 오르며 처녀
를 받쳐 들고 멀고먼 하늘나라로 유유히 사라졌다.

이때로부터 용이 날아오른 우물이라고 하여 이 우물을 용
정이라고 하였고 처녀가 살던 마을을 용정촌이라고 하였다
고 한다. 이 외에도 여러 전설들이 세간에 전승되고 있다.

전설은 어디까지나 허구, 과장, 상상이 가미된 것으로서
진실로 믿을 수 없지만 동시에 백성들의 아름다운 미학적
이상이 깃들어있는 것이다.

실제로 용정의 개척역사는 100여 년밖에 안 되며 1870
년대까지만 하여도 황량한 무인지대였다. 해란강과 육도하

양안에는 버들과 갈대가 무성하였으며 지금은 종적을 감춘 수달도 많았다고 한다.

용정에 처음으로 개척자들이 나타난 것은 청나라의 광서 연간이다. 이때 용정에 이주하여 정착하기 시작한 사람들은 세 부류였는데 남쪽에서는 조선이주민들이 두만강을 건너 들어왔고 북쪽에서는 목단강과 영안 등지에서 여진인들이 들어왔고 서쪽에서는 산동성, 하북성, 요녕성과 길림 등지에서 한족들이 들어왔다. 지리적인 원인으로 하여 조선인들이 가장 일찍이 이주하였고 그 인수도 제일 많았다.

용정에 처음으로 조선인마을이 형성된 것은 1877년 봄이었다. 조선 평안북도의 이재민 김언삼(金彦三)과 함경북도의 이재민 장인석(張仁碩), 박윤언(朴允彦) 등이 열네 세대의 남녀노소를 거느리고 회령으로부터 두만강을 건너 삼합에 이른 다음 또다시 오랑캐령을 넘었다. 그리고는 육도하를 따라 하루 종일 인가도 없고 산림만 울창한 길도 없는 길을 따라 걷고 걸어서 드디어 해란강과 육도하의 합수목에 이르렀다. 이곳은 키 넘는 잡초가 무성하여 황량하기 그지없으나 토지가 비옥하고 우량이 충족한 기후임을 보아낸 노농들은 벼농사 짓기에 더없는 좋은 고장임을 알아보았다.

이들은 합심하여 움막을 짓고 또 불을 질러 화전을 일구고 밭 갈고 씨 뿌려 한 해 농사를 지었다. 첫해 농사가 유별나게 잘 되어 터지도록 잘 영근 낟알들은 이주민의 마음을 흐뭇하게 했으며 따라서 대대손손 배고픔을 잊으며 살아가려고 이듬해부터 집을 짓고 이곳에 정착하기 시작하였다. 토지가 비옥하고 농사가 잘된다는 소문이 조선에 퍼지자 많은 농민들이 이 땅에 모여들었고 점차 큰 마을을 이루게 되었다. 육도하 기슭에 있다 하여 이때로부터 육도구라고 부르게 되었다.

1886년 봄, 이 마을의 정준이라는 젊은이가 밭을 갈다가 우물자리를 발견하게 되었다. 우물은 오랫동안 버려두어서 돌 벽이 무너졌고 이끼가 낀 돌 위에는 잡초들이 무성하게 자라나있었다. 정준은 장인석, 박윤언 등 사람들과 함께 무너진 돌 벽을 다시 쌓고 흙을 파낸 후 우물을 깨끗이 가셔냈다. 우물은 꽤나 깊었는데 맑은 물을 마셔 보니 맛이 별맛이고 이빨이 얼어드는 듯하였다. 후에 용정지명기원설로 자리를 잡은 물이다.

용정은 조선이주민들이 회령과 무산으로부터 연길, 훈춘, 왕청 등지로 들어오는 교통요지였다. 길손들은 용정을 거쳐 해란강을 건너 비암산 너머 평강벌로 가지 않으면 모아산을 넘어 연길평야로 가게 되었는데 모두 이곳에서 하룻밤을 묵어가거나 점심을 먹기 마련이었다. 오가는 길손들은 우물이 있는 이 조선족마을에서 봇짐을 풀고 다리쉼을 하면서 우물의 물을 마시고 얼굴과 팔다리를 씻고 휴식을 하였다.

물을 마시려면 두레박이 있어야 하는데 처음에는 마을에서 빌려 썼으나 그것도 한두 번이지 쉴 새 없이 오가는 손님들이 빌려 쓰게 되어 여간 시끄럽지 않았다. 후에 충 씨라는 한족농민이 물 마실 때의 어려움을 덜고 두레박을 빌리는 시끄러움을 풀기 위해 나무를 찍어다 우물 곁에 용두레를 만들었다. 이때로부터 육도구의 조선족들은 용두레로 물을 길었고 오가는 길손들도 용두레로 우물의 맑은 물을 길어 마셨다. 그리하여 점차 육도구를 용두레촌이라고 부르게 되었다.

장인석은 천자문을 깨친 사람으로서 이주민 가운데서는 박식한 사람이었다. 그는 박윤언과 상의하고 용두레에서 '용'(龍) 자를 빼고 거기에 우물 '정'(井) 자를 합쳐 이 마을의 이름을 용정이라고 부르기로 하였다. 1900년부터 청나라 관청에서는 '육도구'와 '용정촌'이란 지명을 함께 사용하였고 9·18사변 후부터 '용정촌'이란 이름만 사용하였다.

이주민에 의해 개척되고 해방 전 연변의 중심지요, 서울로 되었던 용정, 그 이름의 기원이 된 고향의 정든 우물과 그 우물에 깃든 아름다운 전설을 길이 전하고저 1934년 11월에 용정촌주민인 이기섭이 발기하여 2미터 높이의 '용정지명기원지정천'(龍井地名起源之井泉)이란 비석을 세웠다. 1966년 8월, 문화대혁명의 소용돌이 속에서 홍위병들에 의해 이 비석은 부서졌고 뜻 깊은 우물까지 흙과 돌에 묻혀

버렸다.

그러다가 개혁개방 후인 1986년에 용정시정부에서 우물
을 찾아 복원하고 비석을 다시 세워서 옛날의 비석모습을
다시 볼 수 있게 되었다.

연변조선족자치주 초대주장 주덕해

연변조선족자치주 주도인 연길시내 한복판에 있는 인민공원에는 20m 높이의 기념비 하나가 우뚝 세워져 있다. 호요방이 지시하고 직접 비명까지 쓴 이 비석은 주덕해라는 인물을 기념하기 위해 그가 서거한 지 14돌이 되던 1986년 7월 3일에 제막된 것이다. 모든 조선족이 그에 대해 마음으로 존경을 담고 있는 상징이다.

본명이 오기섭인 주덕해는 1911년 3월 5일 러시아 원동 연해주 우쑤리스크 부근의 한 산골 마을에서 태어나 중국의 화룡현 수동촌, 지금의 용정시 광신향 승지촌에서 자랐다. 그가 8살 때 부친 오우서가 토비들에게 살해되었다. 그의 어머니는 원 고향인 조선 회령군 팔을면 복색동으로 갔다. 그러나 그곳 역시 살길이 막막했다. 어머니는 할 수 없이 그를 데리고 다시 1920년 2월에 두만강을 건너 광신향 승지촌에 와서 정착했다. 여기에서 그는 동년을 보냈다.

소년시절을 그는 힘들게 보냈다. 아침을 먹으면 저녁끼니가 걱정이었다. 할 수 없이 산나물과 들나물로 보릿고개를 넘겨야 했다. 엄동설한에도 노닥노닥 기운 홑저고리와 바지를 입고 짚신을 신고 다녔다.

그가 소학교에 다닐 때의 일이다. 짚신이 다 닳아빠져 깊은 밤에 학교에 갈 짚신을 삼다가 너무 곤해 한 짝밖에 삼지 못한 채 그만 잠에 곯아떨어졌다. 이튿날 학교에 갈 때 한쪽 발엔 새로 신은 짚신을 신고 한쪽 발엔 낡은 짚신을 신고 학교로 향했다. 애들이 놀려주었다. 그는 개의치 않았다.

그는 월사금을 바칠 일이 걱정이었다. 하여 일요일이면 형님 오기하와 함께 산에 올라가 나무를 해다가 마당에 산더미처럼 쌓아놓았다.

그러나 가정 형편상 소학교 4학년까지만 다니다 학업을 중단해야 했다. 하지만 야학에서 혁명의 필요성을 깨닫고 혁명의 길로 들어섰다. 주덕해는 1929년 9월에 승지에서 혁명활동에 참가하였고 1930년 8월에 공청단에 가입했으며 1931년 5월에 중국공산당에 가입했다. 1930년부터 1936년 사이에 흑룡강성 영안, 밀산, 벌리 일대에서 항일구국투쟁을 전개했다. 1937년에는 당시 사회주의의 수도이자 무산계급전사들의 심령에 승리의 상징으로 혁명의 등대와도 같은 모스크바로 가 동방노동대학에서 러시아공산당 역사, 세계혁명운동사, 정치경제학, 사회발전사 등을 체계적으로 공부했다.

1939년 연안에 돌아온 후 팔로군 359여 연지도원으로 사업했으며 1943년에는 연안조선족혁명군정학교 총무처 처장직을 맡고 사업했다. 1945년에는 하얼빈에 와 의용군 3지대 정위로 사업하였고 1947년에는 동북행정위원회 민족사무처 처장, 1949년 3월에는 중공연변지위 서기 겸 전원공서를 지냈다. 특히 동북지방의 120만 조선족 인민을 대표해 중국의 건국과 국가대사를 논의한 전국정치협상회의 제1기 전국위원회 제1차 회의에 참석해 그 회의에서 채택된 공동강령을 지지하는 입장을 밝혔다.

1952년 9월 3일 연변조선족자치주 정부 주석직무, 그 후 중공연변주위 제1서기 겸 주장 직무를 맡았으며 주정치협상회의 주석, 연변군분구 제1정위, 연변대학 교장직도 겸임했다.

주덕해 동지는 1954년에 길림성부성장으로 임명되었으며 1956년 12월에는 전국인민대표대회 제3기 민족위원회 부주석으로 당선되었다. 그러나 1950년대 후반 민족 정풍 때에는 지방 민족주의자로 낙인찍혀 곤욕을 치렀고 문화혁명

시기에는 군중들에 붙들려 연변대학 창고에 감금된 채 모진 박해를 받기도 했다.

그는 1969년에 호북성 무한으로 옮겨졌으나 계속적으로 조여드는 압박으로 심신은 지칠 대로 지쳐 폐암이 발병하였다. 1972년 7월 3일 61세를 일기로 무한에서 끝내 생을 마감했다.

그는 죽음이 임박한 순간까지도 연변의 산과 물, 풀 한 포기, 나무 한 그루를 가슴깊이 사무치게 그리워하며 연변으로 돌아가고자 했다. 4인방이 타도된 뒤에야 그의 명예를 회복하고 공적을 인정하는 조치가 내려졌다.

"주덕해!" 그는 혁명가이자 연변조선족 자치주 초대 주장으로 자치주 기반을 닦은 조선족의 지도자임에 틀림없다. 오늘날 조선족이 자치주 덕분에 민족 정체성을 유지하고 있다면 이 자치주의 기반을 닦은 주덕해야말로 그 공의 상당 부분을 차지해야 마땅하다. 물을 마실 때 그 우물을 판 사람의 공로를 잊지 않아야 하듯이 그가 연변조선족자치주에 남긴 업적을 영원히 기억해야 할 것이다.

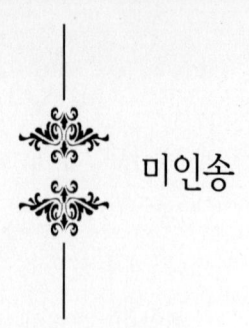

미인송

미인송은 장백산에서만 자라는 특이한 소나무로서 줄기는 귤황색 빛을 낼 정도로 매끄럽고 침상 잎은 한 떨기 구름 같다. 미인송의 높이는 약 20~30m에 달하며 줄기는 매우 곧다.

미인송의 가지들은 모두 줄기의 윗부분에 집중되어 아름다운 우산모양을 형성한다. 옆으로 뻗은 가지들은 강인함 속에 부드러움도 감추고 있다. 이는 참으로 대자연의 조화라 하겠다. 숲을 이룬 미인송은 마치 선녀가 너울너울 춤을 추면서 사면팔방의 손님들을 맞아주는 것 같다.

미인송에 대해서는 다음과 같은 전설이 전해지고 있다.

옛날 이도백하마을에는 송풍이라 부르는 총각과 나월이

라 부르는 처녀가 살고 있었다. 어려서부터 가까이 보내던 그들은 백하강기슭에서 백년가약을 맺었다. 부락장은 송풍이와 나월이 백년가약을 맺었다는 것을 알고 송풍이를 민부로 뽑아 보내고 나월이를 잡아채려 했다.

하지만 나월이는 부락장의 말을 듣지 않았다. 이에 부락장은 송풍이가 성을 쌓다가 돌에 치워 죽었다는 소문까지 냈다. 일 년이 지나 다른 인부들은 모두 돌아왔지만 송풍이만은 돌아오지 않았다.

중매군은 하루에도 두세 축씩 나월이를 찾아와서 부락장의 첩으로 들어가라고 그를 구슬렸다. 하지만 나월이는 말을 듣지 않았다.

그러자 부락장은 한 무리의 졸개들을 보내어 나월더러 애첩이 되겠거든 묶어가겠다고 윽박질렀다. 그러자 나월이는 "오늘밤 송풍의 제를 지내고 내일 아침에 떠나겠사오니 꽃가마를 가지고 와주세요."라고 하였다. 그러자 나졸들은 돌아갔다.

달빛이 교교한 그날 밤 나월이는 새 옷을 갈아입고 송풍이와 언약을 맺던 강변으로 나와 바윗돌 위에 물 한 사발을 떠놓고 절하였다. 그리고는 달을 바라보다가 백하수에 몸을 던졌다.

3년 후에 민부로 뽑혀갔던 송풍이가 돌아왔다. 돌아와 보니 어머니도 돌아가셨고 나월이도 영원히 그의 곁을 떠나갔다. 그는 백하수 강변으로 걸어갔다. 마을사람들이 알려주던 대로 송풍이는 나월이를 찾아갔다. 나월의 무덤 위에는 미인송 한 대가 자라고 있었다.

연두색 잎들이 피어난 미인송은 송풍에게 고통과 추억을 안겨주었다. 송풍은 미인송을 안고 쓰다듬으며 통곡하다가 부락장네 집에 들어가 불을 지른 후 나월의 묘지에 돌아와 붉은 피를 왈칵 토하며 그 자리에 쓰러졌다. 그의 시체에서 뽀얀 안개가 일더니 미인송을 감싸고 빙빙 돌다가 구중천으로 피어올랐다.

그 후부터 미인송은 우썩우썩 자라고 열매를 맺어 수림을 이루었다. 그 후 이 고장 사람들은 송풍과 나월이를 기념하여 미인송 숲을 송풍나월이라 불렀다 한다.

삼합

용정시 삼합촌은 원래 조선의 회령으로부터 화룡욕을 지나 용정으로 나드는 길목이며 또한 두만강나루터였다. 1883년에 '길림조선상무지방장정'이 체결된 후 청조는 화룡욕에 통상국을 설치하고 조선의 회령, 종성 등지와 지방무역을 시작하였으며 북부조선의 농민들도 회령에서 두만강을 건너 이것에 와서 연변으로 이주하였다.

그러나 1920년대 초까지도 이곳은 산간벽지이고 화룡욕이나 용정과는 거리가 먼데다가 중간에 험준한 오랑캐령이 있어 교통이 불편하였으며 대안의 회령도 두만강변과 10리 가량 떨어져있었다. 그래서 이곳은 오랫동안 몇 호의 인가밖에 없는 한촌으로서 발전하지 못하였다.

그 후 연변과 조선 간의 무역왕래가 빈번해지고 특히 1924년에 천도철도가 개통되면서 용정이 조선과의 상품 무역중심지로 되자 회령과 용정을 오가는 상인들과 이주민들도 많아졌다. 이리하여 두만강나루터로서의 이곳도 인구가 증가되었다.

1930년 10월 10일, 민국정부에서는 오랑캐령에 있는 화호리구계사처(火狐狸溝稽査處)를 이곳으로 옮겨왔다. 그것은 이 해관검사소가 회령과 용정해관의 중간지대에 위치하였으나 국경선이 아니어서 밀수꾼이나 불법상인들이 이 해관검사소를 피하여 산길로 다녔기 때문이었다. 계사처를 이곳에 옮긴 후 사람들은 이곳을 계사처라고 불렀다. 계사처가 삼합으로 바뀐 것은 위만시기에 일제가 무덕툰(북홍), 사백사(대소), 사대사(계사처) 이 세 개의 마을을 관리하는 경찰주재소를 만든 때부터였다.

당시의 계사처는 지금의 두만강대교부근이 아니고 대교에서 약 500m 상거한 하류에 설치하였는데 당시 대교는 없었고 배로 두만강을 건넜는데 지금 대교가 있는 곳은 지대가 높아서 나루터로 적합하지 않았기 때문이었다.

1936년 후 일제는 회령과 용정 간의 육로무역을 홍성시키기 위하여 지금의 대교를 가설하고 해관도 대교 옆에 설치하였다.

해방 후 특히는 개혁개방 후 삼합통상구를 통하여 수입

되는 화물은 주로 명태, 마른명태, 해삼 등 해산물과 홍삼, 강재가 대부분이며 수출화물은 주로 복장류, 콩기름, 밀가루와 입쌀, 옥수수 등이다. 그리고 삼합을 통하여 조선으로 가는 관광객 수가 해마다 증가하고 있다.

한왕산성(조동산성)은 삼합진 청수촌과 2.5km 떨어진 조동촌 서쪽의 한왕산 꼭대기에 위치하였다. 산성의 둘레는 1,500m이고 성벽은 대부분 자연적인 천험이나 낭떠러지 위에 0.5~5m 높이로 돌을 쌓았거나 또는 수직되거나 오르지 못할 현애절벽을 이용하였다. 성문은 동북쪽 성벽의 중간과 서남쪽 성벽의 남쪽에 나있다. 성내에는 세 곳의 집터 유적과 우물자리가 있으며 타원형의 늪 자리가 있는데 동북쪽 성문에서 남쪽으로 40m 되는 곳에 자리 잡고 있다.

과거 성안에서 잿빛네모기와 조각을 발견하였고 돌구유, 방아확, 쇠 화로 구리숟가락, 구리밥그릇 등 유물이 많이 발굴되었다.

당지 노인들의 말에 의하면 이 산성은 누르하치가 쌓은 것이라 한다. 산성 남쪽 1.5km 되는 두만강변에 명조 때의 여진인들의 무덤이 있다.

만천성 관광구

만천성 관광구는 왕청현 경내의 가야하 중류에 위치하였으며 왕청진과 30km, 연길시와 48km 떨어져 있다. 만천성 성급관광구는 왕청현 만태성수력발전소의 땜을 건설하면서 인공호수를 중심으로 형성된 것이다. 이 관광구는 동서길이가 10.5km이고 남북길이가 5.4km이며 총면적이 56.7㎢에 달한다. 그중 굴곡이 심한 호수의 길이는 18.7km에 달하고 호수면의 면적은 10.49㎢에 달한다.

호수면의 가장 넓은 곳은 2,118m이고 가장 좁은 곳은 100m이다. 평균수심은 16m이고 가장 깊은 곳은 37m에 달하여 보트놀이에 유리하다. 만천성의 독특한 자연경관으로 인하여 2001년에 국가에서는 본 관광구를 국가AA급 관광구로 지정하였다.

멀리 선녀조각상이 보인다. 그 밑으로 산과 물이 병풍처럼 포진했고 백운이 허공에 축제의 현수막을 드리웠다. 선녀상이 모셔진 정상을 따라 구불구불한 층계를 등반하노라면 가슴이 환히 열린다. 장성이 뻗어나간 듯 구배 심한 등고선에 난간, 쇠밧줄이 비치되어 관광객들의 안전과 탐탁한 공간미를 두드러지게 표현했다. 섬과 뭍 사이에 솟아난 듯 가파른 섬돌은 늘차고 어지럼증이 난다. 열기가 화가마를 들씌우는 가운데 현훈증이 금방금방 엄습한다. 기암절벽과 석가산의 조화가 통일을 이루어 무척 유혹을 자아낸다. 멀리 선녀가 어서 오라고 섬섬옥수를 저어 보인다.

백의선녀는 조선민족 고대신화에 나오는 시조모이다. 석가일대(釋迦一代)처럼 고착된 우리 민족의 우상이나 토템처럼 유전되어 오는 전통문화모식이다. 옛날에 곰과 호랑이가 같은 굴에서 살면서 늘 천신께 사람이 되기를 빌었다. 이때 천제의 아들 환웅이 그들에게 영험한 쑥 한 다발과 마늘 20매를 주면서 다음과 같이 신칙했다. "너희들이 이것을 먹고 백 일 동안 햇빛을 보지 않으면 사람이 되리라."

호랑이는 햇빛을 못 보는 고통을 참지 못하고 굴 밖으로 나와 결국 사람이 되지 못하였다. 그러나 곰은 스무하루를 참았더니 드디어 변하여 미녀가 되었다. 그녀가 곧 백의선녀이고 환웅과 결혼하여 자손이 번성했는데 이들이 고대조선민족이란다. 우리 민족의 대표적인 설화가 만천성에서도 자취를 보이는 일례이다. 민속과 속성과 동질의 연대성을 안침진 곳에서 만날 줄이야…….

백의선녀의 조상은 2001년 9월 18일에 준공했는데 높이 18미터, 무게 500톤으로 용귀도북단의 산 정상에 우뚝 서 있다. 족두리에 용잠을 하고 오른손에는 마늘을, 왼손에는 쑥을 들고 있다. 웅녀 상 밑에는 커다란 향로가 있고 공덕무량(功德无量)이라고 씌어 있다. 조각상을 올리려고 길을 따로 뺐는데 인민폐 100만 원을 투자했다. 백의선녀상은 중국조선족 부녀의 근면, 용감함, 선량, 미려함을 상징하고 있다. 단아하면서도 강인한 모습으로 관광객들에게 전설의 횡단면을 보여줄 듯싶다. 물이 깊은 수면을 그윽하게 굽어보는 듯 아미를 숙이고 또 지평선을 그려보는 듯 머리를 들어 창공을 응시한다. 만천성풍경구를 개발하면서 테마공원형식을 취한 것인데 그 테마로 단군전설을 선택한 것이다. 그 정도면 당연히 그리고 자연히 민족의 정기를 환기시킬 계기로 충분하다. 웅녀상이 어느 유원지에 세웠다가 철거당한 적도 있었던 기억이 떠오른다. 축조 시초 성정부로부터 여러 번 문책까지 받으면서도 결국 '백의녀'라는 고유한 문화속성을 재현한 발상이 돋보인다.

만천성국가삼림공원(滿天星國家森林公園)은 가야하의 물길을 끼고 있는 국가급 유원지로 여러 풍경구들로 구조를 갖추었다. 호수의 상류 쪽에 '조선족 문화 풍정 박람성'을 건설하였는데 주변에는 문화예술거리, 민속관, 기원당, 예의관, 호텔, 스키장, 실내수영관 등 모든 편의 시설들을 갖추고 있다. 단순한 풍경구보다 보다 총체적이고 통합적인 관광구로 부상해 지역사회이미지에 조력한다는 슬로건이 그 지배적인 압도라 하겠다. 만천성풍경구는 1995년에 성급풍경명승구가 되었고 2001년에는 국가관광국으로부터 AA급 관광구 비준을 받았으며 2004년 12월에는 국가삼림국으로부터 국가삼림공원 비준을 받았고 2005년 6월 26일에는 드디어 '만천성국가삼림공원' 제막식을 거행했다. 연속 승격한 만천성의 업그레이드였다. 과시 연변의 삼협공정으로 불릴 만한 만천성발전관광구 건설의 현격한 프로필이다. 일제시기부터 물망에 오르던 공사가 현대에 와서 소망을 실현했다.

만천성은 특수한 지리적 위치와 독특한 우세로 자체의 매력을 증폭시킨다. 아울러 연변판도에 대한 포인트가 발광체로 빛나게 된다. 주 내에서 최대의 규모로 건설된 만천성 스키장이 2006년 1월 19일 왕청 만천성국가삼림공원에서 개장되었다. 왕청현임업국과 왕청현정부에서는 1,300만 원의 자금을 들여 최장길이가 1,150m에 달하는 부동한 3갈래의 스키활주코스를 개척하였다. 스키장으로서의 최적화와 활성화를 골고루 겸비하였다. 초, 중, 고급 3가지의 부동한

수준급으로 나뉘어 있는 이 스키장은 부지면적이 15헥타르에 달하고 스키장활주면적만도 7.8헥타르에 달하여 1,000여 명의 스키애호자를 동시에 수용할 수 있다. 조설기, 눈썰매 등 스키부대시설을 구전한 이 스키장이 1월 10일 시운행에 들어서서부터 매일 500-600명의 스키애호자가 단골처럼 방문해 겨울의 낭만을 맛보았다. 길림성 제5위로 지목될 스키장인 만큼 방대한 규모를 가히 짐작할 수 있다. 스포츠항목의 개입과 함께 만천성은 건강과 활력을 증진할 것이다. 하다면 이것으로 결속된 만천성의 잠재력일까? 보다 역동적이고 약동적인 활극은 꼬리에 꼬리를 물고 재생한다. 2005년 11월 초 중국대만세계자신투자유한회사의 총재 곽품진은 텔레비전드라마 ≪홍루몽≫을 다시 찍기 위하여 왕청현정부와 협의를 맺고 9.9억 원을 투자하여 왕청현만천성국가급삼림공원에 스튜디오를 건설하기로 체결을 약속하였다. 2007년 ≪홍루몽≫을 다시 찍기 위하여 책임편집 주뢰는 전국에 ≪홍루몽≫의 외경촬영기지를 건설하기로 계획하였다. '천성', '지성', '동성', '서성', '남성'과 '북성'으로 나뉘었는데 '북성'이 요녕 본계수동에 건설하게 된다. 만천성스튜디오는 이미 전기조사와 설계사업을 마친 상태이며 '연변만천성스튜디오유한회사'도 공상등록되었다. 협의에 의하면 대만세계자신투자유한회사는 2006년 초에 먼저 1억 원을 투자하여 만천성스튜디오를 건설하게 된다.

스포츠에 영화풍경까지 가미한 만천성의 미래가 양양할 수밖에 없다 하겠다. 변강오지로서의 연변이미지가 해내외에 활황세를 보이는 조짐이 아닐 수 없다. 연변은 세계로, 세계는 연변으로 서로 응집하는 의기상투가 거리를 좁히면서 찬란한 미래가 바야흐로 다가선다.

목하 만천성관련 전설과 민간이야기가 대거 수집, 정리된 상태이다. 근 30여 편에 달하는 향토기문들이 공개되었다. 민중들의 관심을 모으고 매체의 주목을 받으면서 지명도를 살린 만천성개발은 경제투자와 함께 문화적 개입도 한몫을 오롯하게 한다는 지적이다.

아득한 옛날 별나라 천왕성에게는 지혜롭고 어여쁜 딸 열여덟에 재능이 출중하고 어여쁜 딸 열여덟이 있었다.

어느 하루 천왕성은 맏아들 왕석성(王石星)을 앞에 불러놓고 "애야, 지금 우리네 별나라는 날로 어두워져가고 있다. 원인인즉 과인이 인젠 쇠퇴한 것이로다. 그러기에 너는 하루빨리 장생불로할 수 있는 영단묘약을 구해오너라. 설령 장생불로약을 장복할 수 있다면 짐은 별나라를 재차 광명으로 비출지어다!" 하고 하령했다.

왕석성은 즉시 별나라를 떠나 해나라, 달나라, 구름나라 등을 훨훨 날아 어느덧 한 어두컴컴한 곳을 찾아왔다. 왕석성이 한창 어쩔 바를 몰라 망설일 때다. 난데없는 북소리와

징소리가 들려오더니 그의 앞엔 유난히 밝은 세계가 나타났다. 휘황찬란한 궁정에서 새하얀 치마저고리를 입은 미녀들이 한창 귀맛 좋은 선율에 맞추어 덩실덩실 춤을 추고 있을 줄이야……. 자못 도취된 왕석성은 무아몽중 그 궁전에 찾아 들어갔다. 알고 보니 용궁이었다.

용왕은 왕석성에게 술 한 잔 부어주고는 이렇게 말했다. "이곳은 천성호의 수정궁인데 금은보석으로 넘치네. 그런데 유독 밤이면 불빛을 못 보아 걱정인데 오늘 자네가 수정궁에 찾아오자 궁전은 대낮처럼 환해졌으니 단단히 경축해야겠네. 그런데 누구를 물론하고 이 수정궁에 들어만 오면 다시는 나가지 못하는 법이니 무남독녀인 내 딸과 백년가약을 맺고 동고동락함이 어떻고?" 하여 왕석성은 이곳에서 용녀와 함께 남남녀녀 자자손손을 키워가면서 태고지민(太古之民)들과 더불어 화기애애하게 살았다. 별의 후손들이 많아지면서 이곳은 세상에서 제일 환한 별세계를 이루었다.

하늘의 하루는 지상의 백 년이다. 왕석성이 별나라를 떠난 지 어언 반달이 지났다. 그러나 손꼽아 기다리는 왕석성은 또 돌아오지 않았다. 하여 천왕성은 또 둘째 아들 영웅성(英雄星)을 앞에 불러다놓고 분부했습니다. "네 형님은 아마 돌아올 것 같지 않다. 그러니 네가 형님을 찾아 떠나야겠다. 그 애가 간 곳은 해나라, 달나라, 구름나라를 지나 인간세상인 동경 129도 30분 - 129도 4분 31초, 북위 32도

5분 30초 - 43도 15분 사이의 만대성 주위이니 곧 찾아 떠나거라." 둘째 아들 영웅성도 천성호에 와서 형님을 찾아 헤매다니다 보니 시간을 넘겨 되돌아가지 못했다. 뒤이어 셋째 아들 설사성, 넷째 아들 서우성, 다섯째 아들 쌍수성, 심지어 막내아들 부암성까지 파견해 보냈지만 모두다 별나라에 돌아오지 못했다. 그리하여 해락성, 셋째 딸 영지성…… 막내딸 고려성까지 파견했지만 역시 다 돌아오지 않았다. 이렇게 되어 천왕성의 서른여섯 명의 아들딸들은 만대성, 8개 산과 들에 자리를 잡은 후 천왕성을 모셔왔다. 이곳의 영단묘약을 대접시키자 천왕성은 예전보다 더 환해졌다. 천왕성은 지금까지도 수많은 별무리를 거느리고 이곳에서 행복하게 살아가고 있다. 후세사람들은 이 전설에 비추어 만대성을 만천성으로 고치고 천왕성의 아들딸들이 집중하여 거주해있는 산과 들을 비롯해 만천성풍경명승지를 8대 풍경구, 36개 풍경소로 나누어 그 별들의 이름을 따라 풍경관상점의 이름을 지었다. 별들이 모인 장소라 사람들은 만천성이라고 부르고 있다.

모아산

해발 517m의 모아산은 연길분지와 용정의 세전이벌, 동불사벌 사이에 우뚝 솟아 있어 어디서나 한눈에 바라보이는 고향의 산이다. 모아산에는 스릴을 느끼게 하는 층암절벽도 없고 감탄을 자아내는 아름드리 노송도 없다. 작고도 오롯한 산의 운치를 초들라면 당연히 모아산이 제1인자일 것이다. 그렇다. 모아산은 대단히 아름답지는 않지만 운치가 있다. 유별나게 둥그렇게 우뚝 솟은 모습은 농부가 벗어 놓은 초모자 같기도 하고 굉장한 왕릉 같기도 하다.

1950년대까지만 하여도 모아산은 민둥산이었다고 한다. 원래는 아름드리 고목으로 우거졌는데 일제침략자들이 난벌해가는 통에 민둥산으로 되었다고 한다. 연길을 찾은 주은래 총리께서 모아산에 식수하여 삼림공원을 꾸미라고 지시하여 연변의 아들딸들은 삽과 괭이를 들고 모아산에 올라 소나무며 잎갈나무를 한 그루 두 그루 심었다. 몇십 년이 지난 지금 민둥산이었던 모아산은 나무가 꽉 우거진 청산으로 되었다. 하여 새들이 날아들고 짐승들이 찾아오게 되었다.

연길사람들에게 있어서 모아산은 없어서는 안 될 삶의 공간이다. 원래 모아산에는 산길이 별로 없었고 잔풀에 덮인 가느다란 오솔길뿐이었다. 그러나 지금은 산행을 즐기는 사람들에 의해 가로세로 많이도 뻗었으며 길도 걷기 편한 오솔길로 되었다. 십여 년 전까지만 해도 모아산은 인적이 드물었고 적막이 짙었다.

모아산에 가면 좋은 것이 너무도 많다. 불현듯 나타나 나뭇가지 사이를 헤엄치는 다람쥐 한 마리! 사람들의 눈은 다람쥐의 뒤를 쫓으며 환성을 터뜨린다. 깜찍한 다람쥐를 바라보면서 사람들은 즐거운 웃음을 아끼지 않았다. 모아산에는 목청 고운 새들이 많다. 그중에서도 한여름 해종일 '뻐꾹뻐꾹' 하고 지저귀는 뻐꾹새의 노랫소리는 정답기만 하다. 겨울에는 꿩들이 많이 날아다닌다. '꺼겅' 하는 꿩 울음소리와 더불어 커다란 꿩들이 숲속을 가로지르며 저쪽으로 날아가는 모습은 우스꽝스러우면서도 귀엽다.

모아산에다 민속촌까지 꾸려놓아 여름이면 모아산민속촌

은 연변사람들의 관광지로, 해외체류자들의 지정코스로 되고 있다. 민속적으로 꾸며놓은 놀이터며 음식점은 객들을 즐겁게 맞아주고 있으며 멋진 수석관까지 있어서 볼거리가 점점 많아지고 있다. 수석관에 가면 저절로 환성이 터지게 하는 별의별 수석이 다 있다. 호랑이 같은 수석, 자라 같은 수석, 동해바다에서 아침 해가 솟아오르는 것 같은 문형석……. 실로 이루 다 말할 수 없다.

산기슭에는 캠페인플래카드와 동아리채색기 등 다양한 이벤트 붐이 굉장하다. 자가용승용차가 주차장 같은 공지에 질서 있게 서있는 가운데 숲속에서는 퉁소 소리, 북소리가 흥겹고 노랫소리, 웃음소리 즐겁다. 덩실덩실 춤추는 노천무대연기자들의 모습에서 행복의 독천장에 입장한 감이 앞선다.

겨울에는 썰매장까지 건설해놓아 모아산은 사시장철 관광객들은 맞고 있다. 연길공공선로버스는 모아산 호랑이석상 있는 데까지 간다. 때문에 모아산 산행은 더욱 쉬워졌다. 커다란 바위를 다듬어 만든 석호(石虎)는 모아산의 문지기가 되어 위엄 있게 산객들을 바라본다. 그 밑으로 뻗은 길을 따라 10여 분 걸으면 모아산 정상으로 오르는 길이 나타난다. 모아산 정상으로 오르는 길이 여러 갈래이지만 정면 길로 오르기가 가장 쉽고 편하다. 날랜 사람이면 15분 좌우면 정상에까지 오를 수 있다. 정상 부분은 대부분

떡갈나무들이다. 여름이면 떡갈나무를 타고 오르는 머루넌출이 멋있고 가을이면 오솔길가에 굴러다니는 도토리를 줍기가 즐겁다.

모아산은 아주 중요한 발해유적지이기도 하다. 모아산을 학명으로 모아산돈대(帽兒山墩臺)라고 하는데 돈대란 봉화대라는 뜻이다. 봉화란 병란이 나타났을 때 연기 혹은 불빛으로 하는 신호불을 말하는데 봉화대란 그런 신호를 보내기 위해 전문 설치해놓은 고지(高地)를 말한다. 모아산 외에도 연길시에는 대돈대와 소돈대가 있다. 대돈대는 연길시 흥안향에 있고 소돈대는 연길공원 안에 있다.

벼농사 아리랑

중국이 개혁개방이라는 새로운 정책을 펴면서 수십 년간 굳게 닫았던 국문을 서서히 국제사회에 열게 되었다. 따라서 많은 외국사람들이 중국을 찾기 시작하였는데 그 속에는 한국인들도 끼어 있었다. 이들은 광복이 되면서 헤어졌던 혈육을 찾기 위하여 그리고 민족의 성산이라고 불리는 장백산과 조선족들이 살고 있는 마을로 찾아들었다. 문호개방의 동풍을 타고 세계가 정녕 하나로 어울리는 현장이다.

그런데 이들을 제일 먼저 맞아준 것은 아담하게 들어앉은 재래식의 초가집들과 마을 앞에 뉘연히 펼쳐져 있는 논밭이었다. 험난했던 이주의 행적을 밟으면서도 고향의 정취와 습관을 고이 지키면서 살아온 이주민들이었다. 연길에서 장백산으로 가는 관광길을 한 번쯤 다녀본 사람이면 한눈에 알아볼 수 있듯이 산기슭에 남향으로 집을 짓고 바람벽까지 하얗게 회칠을 하는 백의민족이었고 동시에 조선족이 살고 있는 마을이면 손바닥만 한 크기래도 꼭 논을 가지고 있었다. 그만큼 벼농사는 우리민족에게 없어서는 안 되는 생존수단이었다. 벼농사의 주인공이 동질성을 자아내는 한 겨레라는 사실 앞에서 결코 낯설지 않은 타향이었다. 그만큼 고향은 서로의 마음을 하나로 융합시켜주나 보다.

우리민족과는 떨어질 수 없는 벼, 그리고 논농사는 언제부터 시작이 되었을까.

역사기재에 의하면 천여 년 전인 고구려와 발해시기에 동북에서는 벼농사를 하였다고 한다. 하지만 고구려와 발해가 잇따라 멸망하고 그 후 요, 금, 원, 명, 청 등 몇 개 왕조를 거치면서 무려 900여 년간에는 동북에서 벼농사를 했다는 기록을 찾아볼 수 없다. 그렇다면 동북에서의 벼농사는 19세기 중엽부터 시작된 조선의 이주민에 의해 다시 시작되었음을 알 수 있다. 말하자면 조선족은 근대 동북의 벼농사의 개척자인 것이다.

동북에서의 조선족들의 수전개척역사를 돌이켜보기 전에 벼에 대해 잠깐 알아보자. 벼는 북위 53°의 중국 북부지방에서부터 남위 40°의 아르헨티나 중부에 이르는 광대한 지역 그리고 평야지대에서 해발 2,400m가 되는 히말라야 고

산지대 그리고 물이 없는 밭 상태에서부터 물의 깊이가 1.5m가 되는 강변에 이르기까지 재배, 생육되는 농작물이다. 학술계의 견해를 따르면 벼농사의 기원에 관해서는 인도 기원설, 동남아 기원설, 운남(雲南) - 아삼 기원설, 중국 기원설 등이 있는데 6,500~1만 년 전인 신석기시대부터 이들 여러 지역에서 벼농사가 시작되었고 이 지역에서 세계 여러 곳에 전파된 것으로 보고 있다.

한반도에는 지금부터 3, 4천 년 전에 중국의 중북부지방을 거쳐 벼가 전파된 것으로 추정하고 있다. 경기도 여주군 흔암리, 김포군, 평양의 대동강가, 충청남도 부여 전라북도 부안, 경상남도 김해 등지에서 발견된 탄화미(炭化米)를 통해 이를 알 수 있다.

중국에서는 5천 년 전에 황하 중류에서 4천 년 전에 산둥반도에서 각각 벼농사를 했음이 밝혀졌고 산둥반도를 통하는 바닷길 또는 요동반도를 통하는 육지나 바닷길을 거쳐 한강 또는 대동강 연안에 벼가 전파되었을 것으로 추정하고 있다. 이렇게 전파된 벼는 한국만 보더라도 현재 총농경지면적의 59%를 차지하고 있다.

중국에서 한반도로 전파된 벼는 다시 19세기 말에 이르러 이주민들에 의해 중국의 동북, 즉 바람 세찬 만주 땅으로 전파된다. 청나라의 봉금령과 조선조의 월강죄가 있었음에도 살길을 찾아, 일제의 탄압을 피해 날따라 늘어가는 이주민들의 발길만은 막지 못했다. 1881년에 청나라의 봉금령이 해제되고 이민실변정책이 실시되면서 이주민들의 수는 급증하였다.

두만강을 사이에 둔 함경도의 변민들은 강을 건너 북간도 땅, 즉 오늘의 연변 땅에 발을 들여놓았고 압록강을 사이에 둔 평안도의 백성들은 강 건너 남만, 즉 오늘의 요녕 땅에 발을 들여놓았다. 이들이 자리를 잡고 생계를 유지할 즈음 후에 이주한 이주민들은 발붙일 자리가 없어 계속 북으로 발길을 옮겼다. 이들이 발길을 멈춘 곳은 흑룡강, 즉 북만이었다. 현재 연변에는 함경도의 후손들이, 요녕에는 평안도의 후손들이 대부분 살고 흑룡강에는 지역에 따라 함경도, 평안도, 경상도 및 그 외 여러 도의 후손들이 살고 있는 이유는 여기에 있다. 중국에서의 조선족들의 고향분포도를 알려면 한반도지도를 두만강과 압록강을 축으로 하여 중국 땅에 뒤집어놓으면 된다는 말도 일리가 있다.

조선이주민들이 이주할 당시 이들의 행색은 말이 아니었다. 이미 중국의 관내에서 동북에 이주한 한족들은 옷차림이 남루한 이주민들이 떼를 지어 몰려오자 저들이 개척한 땅을 빼앗을 것이라는 염려로 이들을 배척하고 쫓아냈다. 그리하여 한족과 이주민 간에 무리싸움이 일어났고 심지어 사람들이 죽기까지 하였다.

하지만 한전농사를 짓는 한족들이 버리는 소택지나 수렁

을 이주민들이 개척하고 논으로 개간하는 것을 보고는 이들도 입을 벌리지 않을 수 없었다. 한족들에게는 아무 쓸모도 없는 땅이 이주민들에 의해 옥답으로 바뀌는 것이었다. 논농사를 모르던 한족들도 이주민들의 도움에 논농사를 익히기 시작하였다. 현재 동북지역에서 한족들이 짓는 논농사는 조선족들에게서 배운 것이라고 해도 과언이 아니다.

동북에서의 조선족들의 수전개발은 1875년에 처음으로 시작되었다. 통화지구에 정착한 조선족농민들은 처음으로 수전을 개척하여 벼농사에 성공하였다. 이는 동북에서의 수전개발의 첫 시작으로 되었다. 이후 수전농사는 흥경, 환인 등 여러 지구로 전파되었다. 이후 1883년에 통화 일대의 조선족들이 류하현으로 이주하면서 휘발하상류, 혼하상류의 논농사가 시작되었다. 1890년 단동 부근에서 수전개발에 성공하였고 심양, 신민 등 지역에서 1908년에 벼농사에 성공하였다.

1910년 한일합병조약 이후 망국노를 원치 않는 수십만의 조선인들은 부득불 살길을 찾아 남부녀대로 북간도에 대거 이주했다. 1922년 연변의 화룡, 연길, 왕청 3개 현의 조선인은 35만 명으로서 총인구 44만 4,420명의 80%를 차지했다. 조선인들은 수전개발의 주력군이라지만 일본금융단체와 봉건지주의 착취대상이었기에 혹심한 시달림을 면치 못했다.

개척 초기에 이주민들은 연변이 두만강유역의 산간지대

와 반산간지대에 위치했기에 기후가 한랭하고 무상기가 짧기에 벼농사를 지을 곳이 아니라고 도리머리를 흔들었다. 순경은 약자의 무덤이요, 순경은 강자의 요람이다. 이런 악렬한 환경에서도 조선 함경남도의 수전지대에서 이주한 조선족농민들은 단연히 수전농사를 시도했다. 그들은 해란강 연안의 세전벌과 연길에서 회령으로 가는 지신대교동 부근에서 습지를 이용하여 진펄에 괭이를 박아 논을 풀었다. 화룡지역에서는 1907년부터 벼를 재배했다. 1921년 연길현 장백향 인평촌에다 3,929m의 물길을 빼고 부르하통하 물을 끌어들여 수전을 33헥타르 개발했다.

연변의 수전면적은 청조 말기인 1906년에 12.50헥타르, 민국 1년인 1912년엔 1만 5,975헥타르, 동북해방 무렵인 1943년엔 2만 4,622헥타르였다. 헥타르당 소출은 1900년 초 수전 초창기엔 1,000kg, 1920년부터는 1,500∼2,000kg으로 증가했다. 연변의 수전은 대부분이 세전벌, 평강벌, 구수하벌, 훈춘벌, 백초구벌, 대석두 등 6개 평원에 집중되었는데 면적이 736㎢에 달했다.

실농군의 진취탐구는 부단한 연혁을 거듭해오는 터다. 줄곧 큰 가맛밥에 의거하여 고로한 계획경제의 지배를 받던 수전재배역사도 더는 재래식이나 전통기반에 안주하지 않았다. 호조조, 대약진, 인민공사, 집체화의 운영격식을 타파하고 적자생존과 과학치부의 진로를 더듬기에 서둘렀다. 땅을 아끼고 종자를 개량하면서 연변의 벼농사는 획기적인 전성기를 맞이해온다. 이렇게 개간된 논에서 나는 입쌀은 풀기가 많고 구수하고 맛이 좋아 그전부터 소문이 났었다. 연변의 평강벌에서 나는 입쌀은 위만주국시절에는 부의황제에게 진상되는 품목의 하나였다고 하고 현재 영안에서 생산되는 입쌀은 북경에 들어간다고 한다. 우리 선조들의 피와 땀과 눈물이 반죽된 고난의 수전개발이 없었다면 오늘날 동북의 벼농사는 있을 수 없었을 것이라고 단언할 수 있을 것이다.

제1평강벌, 제2세전벌, 제3구수하벌, 제4천평벌, 제5훈춘벌이 펼쳐지지 않았던가! 강덕황제께 진상했던 천평벌 어곡미, 7십 리 평강벌 무공해녹색입쌀, 세전벌의 백옥미, 조양천의 옥황미, 전통우량미질로 각인되어온 연변브랜드임에 분명하다.

한국 청주 출신의 최학출 농민이 개산툰 광종촌 하천평에서 온상육모법을 시험해 벼를 길렀다. 이 쌀이 만주국 중앙정부에 공급되어 최학출은 강덕황제의 어곡전을 도급 맡는 임명장을 받았다. 어곡전은 널판자로 울타리를 두르고 밭으로 일하러 들어갈 때는 손발을 씻고 타작정미한 쌀은 처녀들이 유리판 위에서 정선했다. 어곡미의 지명도는 여전했다. 광복 후에도 수도 북경의 중남해전용입쌀로 발탁되었다. 이것이 바로 강덕황제의 어곡전에 깃든 전설스토리이다.

그 전후시말은 다음과 같다.

용정시 개산툰진 광종촌의 하천평이라는 마을에 있는 기름진 옥답은 1942년부터 1943년 사이에 위만주국괴뢰황제 강덕의 어곡전으로 지정받아 한때 소문이 났다. 이 어곡전을 가꾼 사람은 최학출이라 부르는 순박하고 근로한 30여 세의 조선족농민이었다.

최학출은 1917년 2월 8일에 조선 충청북도 청주군 학사면 원평리에서 태어났다. 그는 살길이 막연하여 사촌 자형 박종률을 찾아 1935년에 이곳으로 이사하여왔다. 그러나 뙈기밭 한 치도 없었던 그는 하는 수 없이 지주의 땅을 부쳐 먹는 소작살이를 하면서 근근득식으로 생계를 유지하게 되었고 살림형편이 너무도 째지게 가난하여 몸에 걸칠 변변한 옷 한 벌 없었던 것이다. 최학출은 이처럼 가난 속에 모대기면서도 한 가닥의 희망만은 잃지 않았다. 어쨌든 두 손만이 성한 것만큼 일만 잘하면 잘살 수 있다고 믿고 소출을 많이 내야만 차례지는 것도 더 많다는 생각에서 어떻게 하면 수확고를 더 높이겠는가를 연찬하기 시작하였다.

그때만 하여도 하천평의 벼농사는 주로 산종을 했고 볏모이식을 조금씩 하는 정도여서 헥타르당 생산량이 높지 못했다. 하지만 최학출만은 전부 모내기를 할 타산으로 당지의 한랭한 기후조건에 비추어 대담하게 온상육모법을 도입하여 시험하여 보았다.

그는 1941년 봄에 처음으로 유리창문처럼 간이문창을 짜서 백지를 붙이고 콩기름을 발라 양광이 잘 들어가도록 투명도를 높인 다음 볏모판을 만들고 씨앗을 뿌렸다. 결과 모를 일찍이 키워냈을 뿐만 아니라 유별하게 볏모가 건실하게 자라났다. 이해 최학출은 남보다 한 절기 앞서 볏모를 내었더니 산종한 벼들이 이삭이 겨우 팰 때 그의 벼는 이삭을 숙이게 되었으며 소출도 뜻밖에 아주 높았다. 그리고 지어놓은 햅쌀밥은 백옥같이 희고 기름기가 있어 그야말로 천하진미요, 천하진품으로 자리매김되었다.

최학출이 새 영농법으로 벼 단위당 수확고를 높였다는 소문은 삽시에 널리 퍼졌다. 촌공소농업기사의 추천으로 그의 벼가 현과 간도성농산품 전시회에 출품하게 되어 으뜸가는 호평까지 있어 전 만주국적으로 소문이 났다. 최학출은 순박하고 가난한 농부였으나 사회관계는 당시 괜찮은 편이었다. 그의 사촌 자형 박종률은 이 지방에서 모두 다 알아봐주는 갑부였고 외오촌 조카 박계학은 '9·18'사변 후 한때 사광사 사장을 하던 지식인이었고 또 다른 외오촌 조카 박명학은 당시 광개촌 촌공소의 재무를 맡아보던 사계로 있었다. 최학출의 온상육모법이 관청으로부터 중시를 받게 된 데도 물론 이들의 촉매역할도 무시할 수 없다.

1942년에 간도성과 연길현에서는 최학출 농민의 온상육모법을 광범위하게 시험하고자 개산툰펄프공장과 해당단위들에 지령을 내려 유지온상육모에 수요되는 목재, 종이, 못,

콩기름 따위 물품을 수요하는 사람들에게 무상으로 발급했다. 이해 이 마을의 여러 농가에서도 최학출보다 못지않은 소출을 내었다. 그러나 최학출은 한 해 먼저 시험한 새 영농법의 개척자이고 사회관계로 하여 이해에도 그의 벼가 간도성에서 으뜸으로 입선되어 위만주국중앙정부에까지 알려졌다.

하여 최학출은 위만주국정부의 초청을 받고 신경(지금의 장춘)에 가서 여러 대신들과 한자리에서 접대를 받고 만주국화폐로 천 원의 상금을 받았으며 특별히 강덕황제의 '어곡전'을 가꿀 사명까지 지니게 되어 이름 없던 한 소작농이 졸지에 출세하게 되었다.

1943년 이른 봄에 최학출은 농업고찰단의 한 성원으로 일본에 가서 온상육모기술을 배우고 돌아와 그해부터 강덕황제 '어곡전'을 다루게 되었다. 그가 맡은 '어곡전' 면적은 천 평이었는데 주위는 페인트칠을 한 널판자로 울타리를 하여 집짐승들이나 사람들까지 함부로 들어가지 못하게 하였다. 봄에 논갈이를 할 때만 소의 힘을 빌렸을 뿐 그 외의 일들은 모두 사람의 힘으로 하였다. 논에 일하러 들어갈 때면 우선 손발을 깨끗이 씻어야 하였고 거름은 오직 화학비료와 삶은 콩과 두병만을 사용하였다. 촌공서와 경찰서, 현의 관원들은 '어곡전'을 호위하고 일하여준다는 구실로 초봄부터 늦가을 타작에 이르기까지 최학출의 집에 붙박혀 있으면서 맛 좋은 음식과 술로 만포식했다. 하다 보니 현과 성에서 받은 장려금과 신경에서 받은 상금 천 원이 모두 그들의 먹새판에 들어가 웃지도 울지도 못하는 일희일비로 되었다.

볏가을과 탈곡할 때면 현과 성의 해당인원들이 내려와 현지검사를 했고 탈곡이 끝나면 검근하여 상급기관에 보고하였다. 황제의 어곡을 보내는 일은 참으로 시끄러운 일이 아닐 수 없었다. 먼저 먼지가 없도록 까붐질을 한 다음 정미를 하고 온 마을 처녀들을 끌어다 무보수로 쌀을 고르게 하였다. 처녀들은 유리판 위에 쌀을 펴놓고 한 알 한 알씩 고르면서 쌀알의 귀가 좀 떨어져도 안 되고 쌀의 빛깔이 좀 달라도 안 되었다.

오늘 천평벌에서 나오는 쌀도 당년만 못지않게 백옥같이 희고 밥을 지으면 기름이 돌고 밥맛도 참으로 구수하다. 그리하여 해방 후 천평벌의 입쌀은 줄곧 중남해의 전용입쌀로 공급되었다. 1999년까지만 하여도 북경 중남해로 공급된 쌀은 5,000kg이다. '어곡미'를 처음으로 가꿔온 주인공 최학출은 1980년 3월 6일에 향년 63세를 일기로 사망하였다.

아리랑은 우리민족의 정서를 잘 담은 민요이고 누구나 부를 줄 아는 노래이다. 동시에 아리랑은 기쁠 때도 부르고 슬플 때도 부르는 노래이다. 그러하기에 남북이 만나면 부르는 노래가 아리랑이다. 이주 초기 우리 선조들이 논을 풀

기 위해 언 땅을 파헤치면서 아리랑을 많이 불렀을 것이지
만 그보다도 수전개발이란 고역 자체가 구슬픈 아리랑이
아닐까 생각한다.

최창호와 사과배

봄이면 하얀 꽃구름으로 단장한 과원, 가을이면 탐스러운 열매가 주렁진 사과배 과원은 연변의 자랑이며 연변의 농촌경제의 기둥산업으로 되고 있기에 연변의 노래에도 하냥 오르고 있는 것이다.

사과배는 사과와 배의 잡교종이 아니라 새로운 과일품종으로서 그 개척자는 최창호이다. 최창호(1897~1967)는 증조부를 따라 조선함경북도 경성군에서 1909년에 안도현 내두산에 이사를 왔다가 1916년 봄에 지금의 용정시 노투구진 소기촌에 다시 자리를 잡았다. 그때만 하여도 소기골은 미개척지였다. 최창호의 일가는 북쪽 산비탈에 살구, 자두, 산사자 앵두, 돌배 등 과일들을 옮겨 심고 과원을 꾸리었다.

1921년 1월 열세 살 난 셋째 동생 최범두가 어른들을 따라 조선북청에 놀러가게 되었다. 그때 최창호는 동생에게 북청에는 과일나무가 많으니 접가지를 가져오라고 당부했다. 동생은 형의 말대로 과연 배나무 접가지 여섯 대를 가져왔다. 최창호는 이것을 움 안에 보관했다가 4월에 집 마당 부근에서 자라는 2 - 3년생 돌배나무에 접했다. 이렇게 가접한 나무에선 5월에 새움이 돋았다. 그해 늦가을 물을 듬뿍 주고 가접 부위를 마른 풀로 덮은 후 흙을 또 덮었다.

이듬해 봄이 되자 세 그루는 동해를 입어 새싹이 못 나고 나머지 세 가지는 잘 자랐다. 1927년에 드디어 세 그루의 나무에 흰 꽃이 피고 열매가 달렸는데 이 과일은 배처럼 노란가 하면 양지바른 쪽은 또 사과처럼 붉은 색깔을 띠었고 다른 배와 달리 달고도 수분이 많고 시원하였으며 저장하기도 까다롭지 않았다.

재미를 본 최창호는 의형제인 김형욱과 동생 최영호의 집에도 접가지를 주어 그들의 돌배나무에 가접시켰다. 이리하여 30년대로부터 소기촌에는 3헥타르 남짓한 과원이 서게 되었다. 당시 이를 두고 사과배라고 하지 않고 '참배' 혹은 '큰 배'라고 불렀다. 최창호가 배육한 참배가 좋다는 소식이 퍼지자 이 품종은 점차 노투구, 화룡, 도문으로 퍼져나갔다.

1950년 동북인민정부에서 '동북과원운영조례'를 반포하였

고 연변정원공서에서도 과수에 관한 조사를 진행했다. 1952
년 연변에 온 길림성과일품종조사조는 동북농학원 교수 주
음을 비롯하여 성농업과학연구소 고모, 장가책, 성농업학교
축경림, 연변의 형자연, 이창복, 이순재, 조환순, 유순례 등
이 참가하였다. 이 조사조는 소기촌에 머물러 있으면서 세
밀한 조사를 거친 후 확실히 새 품종임을 긍정하고 형태를
보고 '사과배'라고 정식으로 이름을 지었다.

주덕해 동지는 이 새로운 과일품종의 대폭적으로 확대생
산을 추진하기 위해 1951년 몸소 용정 모아산기슭에 과수
원자리를 잡아주시고 과수농장을 세우도록 하였다. 40여 년
동안 용정과수농장의 사과배 기지는 1만 3천 헥타르로 확대
되었으며 연수확량은 3만 6천 톤으로 늘어났다.

1987년 9월 25일 용정시인민정부에서는 최창호가 처음
으로 배육해낸 사과배모수 앞에 '사과배선조기념비'를 세워
최창호의 업적을 길이길이 기념하도록 하였다.

연변의학사업의 원로 노기순 박사

연변의학발전에 중추역할을 하였고 의학고급인재양성의
요람으로 자리매김한 연변대학 의학원의 정원에 들어서면
원 연변의학원의 창시인이며 연변의학계의 원로인 노기순
박사의 동상을 볼 수 있다.

노기순은 1893년에 태어나 도문시에서 해방을 맞았다. 그
는 1917년에 일본 규슈제국대학 의학부를 졸업하고 조선에
서 의사로 병을 보다가 1931년 6월에 규슈제국대학 의학학
부 의학화학교연실의 연구생과를 졸업했다. 1932년에 박사
학위를 타고 한국 부산부소아과병원의 원장으로 사업했다.
노기순 박사는 1936년 6월에 중국에 와 선후하여 목단강시
국제병원의사, 길림성 도문시공립병원원장으로 사업하였다.

1946년 10월에 혁명에 참가해 길림성 용정의과대학 학장으로 사업했고 1947년 3월에는 동북군정대학 길림분교 의학원부원장, 1948년 1월에는 중국의과대학 제1분교 교수, 그해 10월에는 연변의과전문학교교장으로 1949년 3월에는 연변대학 의학부 학부장으로 사업하였다. 1950년8월 동북인민정부에서 노기순을 2급 교수로 임명하였다.

그는 선후로 위간도성의학회 부회장, 동만의학회 고문, 길림성 연변조선족자치주인민대표대회대표, 길림성 연변조선족자치주 정치협상위원회 위원, 연변조선족자치주인민위원회 위원, 연변조선족자치주 과학기술보급협회 주석을 담임하였다.

노기순 박사는 생물화학연구와 교수에 종사한 동시에 소아과의사로서 일찍 1929년 7월부터 1931년 6월까지 포류동물체내의 요산분해효소와 요산분해효소산화에서 산생되는 알란토인 및 수해알란토인의 알란토이나제를 연구하였다. 그는 선후하여 "요산분해효소에 관하여", "알란토인의 비색정량법", "알란토인에 관하여", "신생아의 오줌, 임신부의 오줌과 양수 가운데 알란토인의 함량에 관하여" 등 4편 박사학위논문을 발표했으며 1932년에는 ≪일본생물화학잡지≫에 여러 편의 참고논문을 발표하였다. 체내의 푸린대사산물인 요소의 분해 대사 특히는 요산분해효소에 대해 창조적 탐구를 진행하였는데 그의 성과는 미국의 ≪화학적요≫에 발표되었고 일본, 영국 등 나라의 관련저작에도 인용되었다.

원 연변의학원의 주요창시인인 노기순은 1957년 6월 7일
병환으로 64세의 일기로 별세하였다.

장백산 미국간첩비행기 격추
전투지휘원

1952년 연변군분구 장병들이 장백산에서 미국간첩들을 나포하고 미국정찰기를 격추해 세상을 들썽하게 했다. 그번 전투의 지휘관이자 주역인 오형모, 그는 그때 27세의 열혈청년이었다.

1952년 6월의 어느 날, 연변군분구 모 퇀 군사훈련고고장 오형모는 보고를 접수하였다.

"장백산천지 이북지역에서 공중과 지면이 서로 불빛으로 연계를 가지는 것을 발견, 화평영자에서 영문표기가 있는 범포를 주었는데 USAARMLA라는 글자가 찍혀 있다."

지휘부성원들은 자세한 분석 끝에 미국첩보기관에서 장백산천지 부근에 간첩을 파견했다고 결론지었다. 오형모는 전사들을 거느리고 노랑포호림 속에서 장백산천지를 도보로 올라갔다.

이때의 장백산은 눈이 허리를 쳤다. 오형모는 서산꼭대기에서 가느다란 연기가 피어오르는 것을 보았으며 어렴풋이 들려오는 나무 찍는 도끼소리와 극히 미약하게 들려오는 일어로 대화하는 말소리를 들었다. 그는 병력을 분산시켜 여러 방향으로부터 목표물을 포위하게 하였다. 왼쪽으로 포위망을 조이며 올라가던 소분대가 새로운 적정을 발견했다. 남쪽 관목림 속을 수색하던 중 갑자기 나무를 메고 오는 두 낯선 사람과 맞다들었다.

"꼼짝 말앗!"

우리 전사의 뇌성벽력 같은 고함소리를 들은 그자들 둘중 뒤에 선 자가 메고 가던 나무를 팽개치고 쏜살같이 무성한 관목림 속으로 줄행랑을 놓았다. 산꼭대기에서 오형모는 교통호 밖의 미인송가지에 세워놓은 안테나를 발견하고 사람 하나가 교통호를 따라 땅굴로 가는 것을 보았다. 전사들은 땅굴을 포위하고 땅굴에 향해 한바탕 사격을 했다. 이어 땅굴에서 흰 천을 맨 나뭇가지가 밖으로 나오더니 마구 휘둘러댔다.

9월 29일, 안도현공안국에서 소식이 왔는데 투항한 특공인원의 자백에 따르면 미국특공조직이 이미 길림지구에 4패의 특공인원을 비행기로 투하했으며 그중 '문대'가 연변

노령산지대에서 활동하고 있다는 것이었다. 미국특공인원을 섬멸하기 위한 천라지망이 노령산지대에서 펼쳐졌다.

1952년 10월 13일, 제5수색분대는 지휘부에 다음과 같은 보고를 올렸다. 지휘부에서 동남방향으로 약 2000미터 되는 곳에서 지하창고를 발견, 지하창고는 크기가 집 한 칸 방과 같으며 안에는 낙하산과 쓰다버린 도끼, 톱, 끌, 낚싯바늘, 낚시미끼 등 도구와 통조림 입쌀 등 음식물이 있다는 것이었다.

10월 19일, 수색대는 또 선후하여 특공인원들의 비밀지하 거처를 발견하였는데 미국특공인원들이 쓰다버린 생활용품들이 아무렇게나 널브러져 있었다. 지휘부에서는 이 모든 것으로 미루어 미국특공인원들이 지하창고와 비밀거처를 모두 버리고 가까운 마을로 내려갔을 가능성이 크며 지점은 십중팔구 지휘부동쪽으로 45킬로미터 지점에 있는 양옥일 것이라고 판단했다.

이튿날 지휘부에서는 정찰원 최성, 왕희와 포수 진전유를 파견하여 양옥에 가 잠복해있으면서 기다리게 했다. 그런데 10여 일 지나도 미국특공인원들이 동정이 없었다. 11월 2일, 진전유는 그날도 작전포치에 따라 양옥 앞에 있는 작은 강에서 낚시를 하고 최성과 왕희가 주위에 매복했다. 10시가 되자 한 젊은이가 맞은쪽 수림 속에서 나와 조심스레 외나무다리를 건너더니 진전유의 앞에 털썩 무릎을 꿇으며 "할아버지, 저에게 먹을 것을 좀 주십시오. 배가 고파 죽을 것만 같습니다." 하고 애걸했다.

포수 진전유는 내색을 내지 않고 "그럼 이 자리에서 기다리게. 내가 곧 먹을 것을 가져올 테니." 하고는 양옥으로 갔다. 진전유가 총을 받쳐 들고 되돌아왔을 때 그 청년은 낌새를 채고 걸음아 날 살려라 줄행랑을 치기 시작했다.

"땅!" 하는 되알진 총소리와 함께 그 청년은 몸체가 외나무다리 위에서 휘청하더니 철렁 – 하고 물에 떨어졌다 이 때 외나무다리 저쪽 끝 수림 속에서 또 한 자가 뛰어나오더니 몸을 구부리고 정신없이 내달렸다. 매복해있던 최성이 공중에 대고 총을 쏘며 "투항하면 목숨을 살려준다."고 외쳤다. 그자는 기겁하여 눈 위에 풍덩 꿇어앉았다.

최성과 왕희가 자세히 보니 그자가 바로 '문대'의 대장 장재문이었다. 장재문은 노령산 지대에서의 구체임무를 실토했으며 '문대' 특공인원들이 양옥에서 만나기로 했다는 것을 자백했다. 그의 자백에 따라 특공전보기술원인 우송림이 체포되었다.

우송림의 자백에 의하면 내일 새벽 일본으로부터 비행기가 날아와 그들에게 물자를 투하한다. 신호는 다섯 무지의 우등불이다. 다음 날 12시 30분, 미국 비행기가 어김없이 날아와 통조림 6상자를 투하했다. 한 상자에는 미국첩보기관이 '문대' 특공인원들에게 보내는 지시편지, 비축용전보기, 최신암호카드와 변장복 등이 들어있었다. 우송림은 우리 측 지휘부의 명령에 따라 새로운 암호로 미국중앙정보국 일본주재 간첩기구에 연계를 달았다.

"이군영은 임무를 전부 완수했다. 11월 29일 23시 삼도구 남쪽골짜기에서 비행기에 올라 도쿄에 돌아가려 한다. 비행기를 보내라. 신호는 '품' 자형으로 된 세무지 우등불이다."

11월 26일, 미첩보기관에서 회답이 왔다. "전보에서 지정한 시간, 지점에 따라 비행기를 파견하겠으니 만단의 준비를 하고 기다리라."

11월 29일, 흰 눈이 덮인 장백산 삼도구 화라즈툰에는 수백 명의 흰 도포를 쓴 공안경찰과 해방군장병들이 대기하고 있었다. 행동영 영장으로 임명된 오형모의 영은 36정의 경기관총으로 무장을 하고 있었다. 미국비행기와의 약정시간까지 한 시간이 남았을 때 성 공안청 정찰원 장진방이 이군영으로 변장하고 비행기가 들어 올릴 큰 주머니에 앉아 있었다. 만일의 경우에 대비하여 주머니의 끈을 끊어놓았다. 그리고 우등불을 지폈다. 우등불은 활활 타오르며 산골짜기의 어둠을 밝혔다.

22시 45분, 아무런 표식도 없는 C-45간첩비행기가 북쪽으로부터 날아왔다. 삼도구 남쪽골짜기 상공에 이르러 비행기는 회전을 하기 시작했다. 세 번째로 회전하던 비행기는 기수를 낮추고 지면에 접근했다. 지면과의 거리는 20미터였다. 비행기가 주머니에 갈고리를 걸려는 순간 신호탄이 하늘로 올라가면서 수백정의 고사기관총과 중기관총, 경기관총이 일제히 불을 뿜었다.

비행기는 재빨리 머리를 돌려 하늘로 날려고 했으나 때는 이미 늦었다. 얼마 지나지 않아 "쿵 - " 하는 굉음과 함께 산봉우리에 가 날개를 박으며 폭발했다. 비행기 기체와 날개는 산산이 부서졌다. 경찰과 군대들은 재빨리 산비탈을 톺아 올라갔다. 오형모는 불길 속에서 미군비행사 두 명이 이미 죽어있는 것을 보았다. 한 자는 조종대에 엎드려있었고 다른 한 자는 비행기의 기계실에 죽어있었다.

그 후 비행기잔해는 중국 군사박물관에 전시되었다. 신화사는 이 소식을 전 세계에 알리면서 이번에 비행기 한 대를 격추한 것은 두 개 사를 소멸한 것과 같다고 높이 평가했다. 아세아에서 열린 회의에 출석한 주은래 총리는 이 사실을 예로 들면서 미국의 전쟁범죄행위를 단호히 규탄하였다. 미국 간첩비행기격추 표창대회에는 당시 중국인민해방군 총참모장 속유가 참석했다. 오형모는 속유 총참모장한테 이번 전투의 경과보고를 올렸다. 그리고 표창대회에서 2등공을 기입받았다.

해란강대참안과 주구들의 끝장

1946년 8월, 연길현공작대가 장안구 하동에 진주하여 일제의 주구를 청산할 데 관한 선전활동을 널리 전개하였다. 일제와 그 주구들의 참혹한 토벌을 당한 하동의 인민들은 놈들의 죄악을 하나하나 적발폭로하기 시작하였다. 이때 김신숙은 연길현에서 파견한 공작대를 만나 오랫동안 비밀리에 보관하여 두었던 ≪하동자위단이 혁명동지를 도살한 사록≫을 바쳤다.

이 자료는 연길현 구위에 있던 그의 남편이 일본 놈들의 혹형을 받고 임종 시에 남겨놓은 유물이었다. 김신숙은 남편의 유언대로 이 자료를 맥주병 속에 넣은 다음 땅속 깊이 파묻어놓고 아들에게도 비밀로 하고 있다가 비로소 공작대에게 내놓았던 것이다. 이 ≪사록≫에는 살인마귀들의 설명과 주요한 흉수들의 극악한 죄상이 상세히 기록되어 있었다.

김신숙에게서 '해란강대참안'에 관련된 ≪사록≫을 접수한 공작대에서는 곧 이 치가 떨리는 중대한 사실을 연길현 정부에 보고하였다. 현정부에서는 즉시 공작대를 조직하여 유서의 내용에 좇아 세밀한 조사에 나섰다. 천인공노할 살인백정들의 죄악적 사실이 확인되자 즉시 18명의 살인백정들을 체포하였다.

1946년 10월 30일, 연길시 광장에서 이 살인백정들의 하늘에 사무치는 죄악을 공소하고 일제주구를 공개 심판하는 대회를 열었다. 주석단에서 대회의 시작을 선포하자 최남순 등 18명의 악마들이 포승줄에 결박당하여 주석대 앞에 늘어섰다. 당년에는 살기가 등등하여 날뛰던 놈들은 이때에는 인민들 앞에서 머리를 떨어뜨리고 부들부들 떨기만 하였다.

살인백정들의 죄악을 공소하는 차례가 시작되자 제일 처음으로 김신숙이 주석대 앞에 나섰다. 그는 놈들을 체포하게 된 결과부터 말한 후 그들의 야수적 만행을 적발규탄하였다.

"놈들은 혁명동지들을 가장 혹독한 폭행으로 살해하였습니다. 많은 혁명적 부녀들은 놈들의 눈을 피해가며 참혹하게 희생된 동지들의 시체를 거두어 치마폭에 싸서 피눈물을 흘리며 땅속 깊이 파묻어 주었습니다."

회장에는 살인백정들을 저주하는 구호소리가 천지를 진
감하였다. 그 뒤를 이어 화련리의 이삼달이 두 주먹을 불끈
쥐고 주석대 앞으로 나섰다.

"이 주구놈들은 일본토벌대와 결탁하여 우리 가족 열다
섯 명을 살해했습니다. 저는 죽음 속에서 겨우 살아나왔습
니다. 그때 동만특위, 연길현위, 구위 등 세 동지도 역시
우리 집식구들과 함께 살해되었습니다. 1932년 음력 8월 7
일, 일본군수비대와 위자위단 70여 명은 3정의 중기관총과
경기관총, 1문의 포를 가지고 9세대밖에 없는 화련리 류정
촌을 돌연히 포위하고 집마다 불을 지르고 눈에 띄는 사람
마다 살해하였기에 28명의 혁명자와 20여 명의 무고한 군
중들도 참살하였던 것입니다. 살겠다고 달려 나오는 어린이
까지 날창으로 찔러 죽였습니다. 동무들! 이 피의 원한을
어떻게 해야 다 갚을 수 있겠습니까?"

이삼달은 목메어 더 할 말을 잇지 못하고 주먹으로 연탁
을 내리쳤다. 이삼달의 뒤를 이어 한 여인이 뛰어나와 김동
후의 죄악을 공소하였다. 그 여인의 남편은 김동후에게 살
해되었다. 남편이 살해되자 그 여인은 잠시 자취를 감추었
다. 비보를 접하자 피신하였다가 겨울이 되자 비밀리에 집
에 돌아왔다. 동네사람들로부터 남편의 무덤을 물어 원혼이
파묻힌 무덤을 찾았다.

그런데 원수는 외나무다리에서 만난다고 도중에 김동후에게 발각되었다. 간악한 주구 김동후는 그녀를 '공산당암캐'가 왔다고 욕설하면서 눈보라 휘몰아치는 엄동설한에 옷을 벗지 않으면 죽여 버리겠다고 호령하였다. 김동후는 그 여인의 치마와 입은 모든 옷을 벗겨갔다.

그 여인은 여기까지 공소하고 나서 옷고름을 잡아 뜯으며 "지금 눈에 고인 것은 오직 피눈물뿐이다!"고 공소하였다.

이때 군중 속에 있던 열사유가족청년들이 달려 나와 주구들을 치려고 하였다. 대회보위인원들은 격분으로 설레는 그들을 겨우 제지시켰다.

"우리는 오늘 주요하게 살인악마들의 죄악을 공소합시다. 우선 놈들의 진상을 다 밝힌 다음 죄악의 사실에 따라 징벌합시다!" 하고 대회주최 측에서 설명하자 공소는 계속되었다. 이번에는 열사의 유가족 김태운의 부친이 주석대 앞에 나섰다.

"우리 아들은 악독한 툰장 놈에게 붙잡혀갔댔수다. 놈들은 나의 아들에게 귀순하라고 을러메었수다. 얼리고 닥쳐도 안 되자 죽이겠다고 위협하지 않았겠어유? 우리 아들이 주구들을 질책하니 놈들은 큰 돌덩이로 몸을 움직이지 못하게 눌러놓고 가죽채찍으로 때려 살점을 뜯어내었수다. 그래도 죽지 않으니 저 살인 백정들은 우리 아들을 석마에 갈아죽였수다."

이 노인의 공소도 역시 대회에 참가한 사람들의 의분을 참지 못하게 하였다. 이 살인백정들은 오 씨라는 여성의 남편을 붙잡아다 철사로 전신을 동여매고 날창으로 찔러 죽였으며 또 방창선과 그의 동생 방춘삼을 붙잡아 집 안에 가두고 불을 질렀다. 놈들은 불속에서 뛰쳐나오는 두 형제를 무참히 총으로 쏘아 죽였다.

이번 '해란강대참안' 공소대회는 연속 사흘 동안 진행되었다. 공소가 끝난 후 최남순을 비롯한 일본제국 침략자들의 주구들은 마땅히 받아야 할 인민들의 징벌을 받고야 말았다.

풍운 속의 은진중학교

　20세기 초부터 중국으로 망명해온 조선의 우국지사들과 한족유지인사들이 용정에서 다투어 학교를 꾸리고 배일민족교육과 문화계몽운동을 대폭적으로 벌였다. 그러나 뒤이어 일본제국주의들이 침략의 마수를 연변 땅에 뻗치고 노화교육과 황민화교육을 실시하기 시작하였다.

　부두일의 노력으로 하여 1920년 2월 4일에 은진중학을 정식으로 창립하였다. 개학 당시 학생은 27명이었고 제1임 교장은 부두일이었으며 학감에 이태준, 고문에는 김약연, 이병하, 박례수였다. 수업과목은 자연과학을 위주로 하고 영어, 한문 등을 배워주었으며 학제는 5년으로 정하였다. 당시 은진중학교의 학생들은 거개가 30세 좌우의 청장년들로서 그 가운데 지식을 배워 나라와 민족을 구하려는 구민주주의 사상과 뜻을 품는 학생들이 절대다수였다.

개교하여 20일 만에 조선 '3·1'운동 1주년을 맞았다. 그리하여 은진중학교의 교원들과 학생들은 기념활동준비를 한 다음 2월 하순 기념의식을 거행할 때 산포할 격문을 한창 등사를 하고 있었다. 그런데 일본영사관 순경들이 불시에 달려들어 교원 2명과 학생 20여 명을 체포하여 영사관 경찰서 유치장에 구금하였다.

1920년 가을에 있은 '경신년대토벌' 때에 연변의 사립학교들인 명동학교, 정동학교, 북일학교 등 학교들이 일제토벌대에 의하여 모두가 잿더미로 화해버리자 향학열에 불타는 청년학생들은 다투어 이불 짐을 메고 은진중학교로 모여들어 재학생 수가 150여 명으로 늘어났다. 그리하여 교원들이 모자라게 되자 조선 서울연회전문학교와 평양숭실전문학교에서 당년 졸업생 5명을 초빙하여 교단에 오르게 하였다.

1926년부터 용정에 조선공산당 동만구역국이 성립되자 은진중학교에도 허원규, 이영근 등이 조선공산당지부를 비밀리에 건립하였다. 그들은 사회의 진보세력과 연계를 취하면서 반일투쟁을 전개하였다. 그들은 우선 민족의식을 불러일으키는 활동으로부터 반일투쟁을 하였던 것이다. 즉 매년 음력 10월 1일 '단군절'이 되면 학교강당에 모여 '존일행사'(尊日行事)를 거행하였는데 공개적으로 태극기를 걸고 애국가를 부르고 연설자들이 연이어 연단에 올라 일본제국주의자들의 침략행위를 성토하곤 하였다.

용정 각 학교들 중 반종교투쟁은 제일 먼저 대성중학교에서 일어났다. 그들이 일제히 일떠나 대성유교를 반대한 결과 대성중학교를 공교회의 예속에서 벗어나게 하여 학우회에서 자체로 학교를 운영토록 하였다. 이 뒤를 이어 동흥중학교에서도 진보적인 교사들이 교사단을 구성하고 천도교회로부터 학교를 접관하고 교사단에서 학교를 운영하였던 것이다.

1930년 1월 23일 은진중학교 학생들도 용정의 여러 중학교 학생들처럼 수업을 중지하고 아침부터 거리에 줄지어 나와서 '일본제국주의의 민족기시를 반대한다!'는 플래카드를 들고 시위행진을 단행하였다. 그것은 용정 각 학교 학생들이 조선 전라남도 광주학생사건을 지지성원한 연대성적 통일행동이었던 것이다.

1931년 '9·18' 사변 후 동북을 강점한 일제의 파쇼통치가 더욱 가혹해짐에 따라 은진중학교에 대한 일제의 감시와 통제도 가일층 심해갔다. 당시 은진중학교에서 역사를 가르친 선생은 민족주의 선각자이며 일본제국대학 특별과를 졸업한 명의조(明義朝) 선생이었다. 명 선생은 일찍 상해, 남경, 제남 등지에서 활동하던 저명한 독립운동가들인

백범 김구, 이웅 등이 지도하는 혁명단체들과 연계를 가지고 조선역사를 남다른 열정으로 가르쳤다. 그는 교단에 나설 때면 항상 전통민족복장차림으로 나섰기에 학생들에게 강렬한 민족기개를 보여주었다.

명 선생은 민족사상과 반일사상이 짙은 학생들을 알선하여 독립단체들에 보내주었는데 그중에는 송몽규와 김성도도 있다. 김성도는 동북항일투쟁에 참가하여 중공동만특위 조직부장 겸 중공연길현 제1임 서기로 사업하다가 1934년 11월 민생단 혐의로 소왕청 남산에서 피살되었고 송몽규는 서울연희전문학교를 거쳐 일본제국대학 역사계 연구생으로 있으면서 독립운동을 하다가 1943년 7월 10일 체포되어 판결을 받고 후쿠오카형무소에서 옥살이를 하다가 1945년 3월 10일에 피살되었다.

1942년 3월에 은진중학교는 만주국교육부의 지령으로 간도 성립제3국민고등학교로 고쳐지고 1943년 초에는 일본인 히다까겐조(日高健三)가 제7임 교장으로 부임하면서 교권은 완전히 일제에게로 넘어갔다. 1944년 11월 새 단층교사가 준공되자 원 3층 교사는 모두 일본군에게 빼앗기고 단층교사로 옮기게 되었다.

1945년 초에 일본인 마에다유베몬(前田右部門)에 제8임 교장으로 교체된 후 새 교사마저 몽땅 일군에게 빼앗기고 학교는 합성리영림서 자리로 이사해갔다. 그때부터 학생들은 매일 수업을 전폐하다시피 하고 군사훈련과 방공연습을 하였다. 심지어 어떤 학생들은 근로봉사까지 끌려 나갔는바 졸업반 토목과 학생들은 연길 탄약창고 수비부대에 가서 모진 강제노동을 강요당하였다. 또한 건축과의 학생들은 조양천 삼봉동군수물자창고에서 고역을 시달리다가 광복의 날을 맞이하였다.

1945년 8월 말에 최시학(崔時學) 선생이 은진중학교의 제9임 교장으로 부임하였다. 그해 겨울 이 학교이름을 '흥민중학교'로 고쳤다가 1946년 2월 교원들과 학생들의 의견에 근거하여 다시 은진중학교로 고쳤다.

역사의 흐름 속에서 자국을 남겼던 은진중학교는 1946년 9월 16일 용정의 6개 중학교들과 연합하여 길림성립용정중학교로 되었다.

나운규와 아리랑

조선영화발전사를 펼치면 20세기 20년대에 조선반도를 매료시킨 유명한 영화 《아리랑》이 있다. 그것은 당시 조선민족의 고난사를 진실하게 반영하여 민족의 응어리진 가슴을 흔들어 놓았기 때문이다.

이 《아리랑》의 주역은 조선영화사에서 뚜렷한 자리를 차지하는 나운규이며 예술생애에서 혁혁한 성과를 올린 나운규였다.

나운규는 1902년 10월 27일 조선함경북도 회령군의 한 동의의원의 가정에서 출생하였다. 호는 춘사(春史)이고 영화 제작자이자 감독, 배우, 시나리오 작가이다. 군인으로 있다가 한의사가 된 형권(亨權)의 3남 3녀 중 셋째 아들로 태어났다. 1916년 조정옥(曺貞玉)과 혼인하여 종익(鐘益), 신자(辛子), 봉한(奉漢)을 두었다. 회령보통학교에서 신흥등 소학교에 전학하여 졸업하기 전 봉건적인 조혼을 반대하여 분연히 집을 뛰쳐나와 화룡현 지신구(현재 용정시 지신진) 에 있는 명동학교에서 공부하였다. 회령보통학교를 거쳐 1918년 간도의 명동중학교에 입학했으나 학교가 일본군의 습격으로 불타버리자 그만에 만주, 연해주를 떠돌며 청년시 절을 보냈다. 1919년 조선으로 돌아가 역사적인 '3 · 1'운 동에 참가하였다.

'3 · 1'운동 후 나운규는 북만 일대와 연해주 일대를 유 랑하다가 1920년에 조선으로 돌아갔으나 일제경찰에 체포 되어 2년간 청진 감옥에서 옥살이를 하였다. 이 감옥생활 은 나운규의 정신적 성장을 촉진하였다. 이에 따라 모순에 찬 현실을 맞받아나가리라 작심하면서 이때에 그의 대표작 ≪아리랑≫이 구상되었다.

나운규의 예술활동은 그가 1923년에 일본인이 관리하는 부산 '조선키네마'의 연구생으로 들어간 다음부터 시작되었 다. 그가 영화예술계에 들어선 때로부터 1926년 그의 처녀 작 ≪아리랑≫을 창작하기까지의 기간은 영화예술가로서의 준비기라고 말할 수 있다. 이 기간에 나운규는 주로 영화배 우로 활동하는 한편 시나리오수업과 영화연출수업을 하여 예술적 기량을 대량 쌓았다.

배우가 되고 싶어 했던 그는 1923년 12월 '예림회'라는 신극단에 입단하여 수개월 동안 북간도 일대를 돌아다녔고 훗날 그에게 많은 도움을 준 안종화(安鐘和), 김태진(金兌鎭), 주인규(朱仁奎) 등을 이때 사귀게 되었다. 1924년 예림회가 자금난으로 해산되자 다시 서울로 와서 안종화의 주선으로 부산에 설립된 '조선키네마주식회사'의 연구생이 되었다. 윤백남 원작, 안종화 감독의 영화 ≪해(海)의 비곡(悲曲)≫에 단역으로 출연했고 뒤이어 ≪신≫(神)의 장(粧)에 출연했는데 일명 ≪암광≫(暗光)이라고 했다. 그랬으나 별다른 주목을 받지 못했다. 그 뒤 윤백남프로덕션이 제작한 ≪심청전≫에서 심봉사 역을 하면서 배우로서 가능성을 인정받았고 1926년 조선키네마프로덕션에서 제작한 ≪롱중조≫(籠中鳥)에 복혜숙과 함께 출연했다. 조선키네마프로덕션은 당시 서울에서 요도야[淀屋]라는 모자점을 하던 일본인 여자 사업가 요도[淀]가 자본을 댄 영화사로 나운규가 영화활동을 하는 데 획기적인 기반이 되었었다. ≪롱중조≫의 감독을 맡았던 이규설(李圭卨)은 그가 연기, 각본, 연출에 재능이 있음을 발견하여 많은 관심을 보였다.

조선키네마프로덕션의 두 번째 작품으로 1926년 10월 1일 단성사에서 개봉된 ≪아리랑≫은 높은 예술성으로 흥행에 성공함으로써 나운규는 영화계의 총아로 부각될 수 있었다. 영화의 주제, 구성에서 가능성을 보여주었고 민족정서를 담아내어 호평을 받았다. 이어 직접 각본, 감독, 주연하여 ≪풍운아≫(1926), ≪들쥐≫(1927), ≪금붕어≫(1927)를 만들었으나 흥행에 실패했다. 그 결과 조선키네마프로덕션과 불화가 생기게 되어 1927년 '나운규프로덕션'이라는 영화사를 세워 독립했다.

이 영화사의 재정 후원은 단성사 사장 박승필이 맡았고 감독 이경손, 배우 주삼손, 윤봉춘, 이금용, 이경선, 홍개명, 촬영기사 이창용, 이명우 등이 창립할 때 참여했다.

이때 ≪잘 있거라≫(1927), ≪옥녀≫(1928), ≪사랑을 찾아서≫, ≪사나이≫(1928), ≪벙어리 삼룡≫(1929) 등 5편을 만들어 흥행에 성공했다. 그러나 무절제한 생활로 단원들과 불화가 잦아지고 자금난도 심해지자 ≪벙어리 삼룡≫을 끝으로 '나운규프로덕션'은 해산되고 말았다. 그 뒤 그는 차츰 인기가 떨어지고 카프의 영화인들과 마찰이 심해지면서 어려움을 겪었다.

1930년 단성사 사장 박정현(朴晶鉉)의 후원으로 '원방각사'(圓方角社)와 손잡고 ≪아리랑 그 후의 이야기≫를 제작했으나 흥행에 실패했다. 1931년 일본인 도오야마[遠山滿]가 제작한 ≪금강한≫(金剛恨)에 출연하여 비난을 받게 되자 더욱 어려워졌다. 이규환(李圭煥)이 감독한 ≪임자 없는 나루배≫(1932)에서 열연을 했으나 옛날의 전성기를 되찾지는 못했다. 이즈음 ≪개화당이문≫(開化黨異聞), ≪종로≫, ≪7번통≫(七

番通)의 소사건(小事件), ≪무화과≫, ≪그림자≫, ≪강건너 마을≫ 등을 제작했으나 실패했다. 1936년 ≪아리랑 3편≫을 발성영화로 만들었고 이어 이태준 원작의 ≪오몽녀≫(五夢女)를 완성했으나 폐결핵이 악화되어 죽었다. 현재 그가 제작한 영화의 필름은 한 편도 남아 있지 않다.

과연 풍운과 예술의 조합으로 얼룩진 그의 한생이다. 탐구와 노력의 흔적이기도 하다. 이러한 예술적으로 완성된 그는 ≪아리랑≫의 뒤를 이어 윤백남(尹白南)의 감독 아래 ≪운영전≫의 단역을 맡았고 이경손(李慶孫) 연출로 된 ≪심청전≫과 ≪개척자≫, ≪장한몽≫, ≪산채왕≫ 등의 주역을 맡았고 ≪초롱속의 새≫에서는 학생 역까지 맡았다. 이는 세인이 다 아는 사실이다. 한 예술가의 궤적에는 그의 땀이 있고 그의 눈물이 있다.

나운규는 영화에서의 배우였을 뿐만 아니라 ≪풍운아≫, ≪사랑을 찾아서≫(원명≪두만강을 건너서≫), ≪랭가슴 삼롱이≫, ≪금붕어≫, ≪들쥐≫, ≪왕녀≫, ≪오몽녀≫, ≪안녕히≫, ≪종로거리≫, ≪7번지의 골목사건≫, ≪무과화≫, ≪그림자≫, ≪강건너마을≫ 등과 같은 영화작품들을 세상에 출세시켰다. 그 업적의 배후에는 남모를 아픔과 방황 그리고 곤혹이 질긴 추억처럼 묻어있다.

그는 대부분의 영화에서 원작, 각색, 감독, 주연을 겸하여 엄청난 열정과 역량을 과시했으나 한편으로 지나친 독선에 빠지기도 했다. 그의 영화는 약자에 대한 동정, 사회에 대한 고발과 풍자를 담고 있다. 일제시대에 그가 보여준 민족정신과 예술관은 그 뒤에도 많은 후진들에게 영향을 미쳤다. 미나도좌 ≪신극부≫(新劇部)에서 연극을 하기도 했고 ≪철도공부의 죽음≫(1930), ≪홍엽≫(1934), ≪이순신장군≫ 등의 희곡을 썼다.

나운규는 가족간호를 하다가 그만에 일찍 폐결핵에 전염되었다. 그 자초지종은 다음과 같다.

북간도 시절의 도판부(圖版部)사건이 뒤늦게 문제되어 경찰에 체포된 뒤 1년 6개월의 실형을 언도받고 청진, 함흥형무소에 복역했다. 감옥생활을 하던 중 독립투사 이춘성(李春成)을 만나 호(號)를 받게 되었다. 출감 이후 고향으로 돌아갔으나 아버지와 둘째 형 시규(始奎)는 폐결핵으로 고통받고 있을 줄이야……. 가세는 이미 몰락한 뒤였다. 나운규는 극진히 간호했지만 그들은 세상을 뜨게 되었다. 이때의 간병으로 인해 결국 후에 폐결핵이 전염되고 말았다.

그는 1937년 8월 9일에 폐결핵으로 36세의 아까운 나이로 사망하였다. 비록 단명이었으나 조선의 영화사와 용정 땅에는 그의 자취가 여전히 남아 있다.

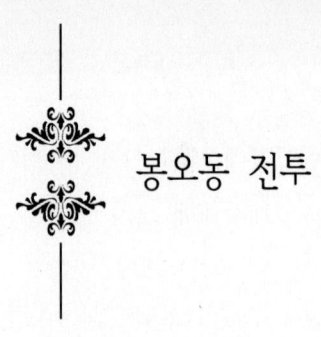

봉오동 전투

1920년 6월 만주 봉오동에서 홍범도(洪範圖), 최진동(崔振東) 등이 이끄는 연합독립군단인 조선군북로독군부(大韓軍北路督軍府)가 일본군을 대파한 전투를 말한다.

홍범도의 주도로 1920년 5월 28일 대한독립군과 국민회의 국민군 및 군무도독부(軍務都督府)가 연합하여 조선군북로독군부로 군사통일을 이루고 군무도독부의 군영인 화룡현 봉오동에 병력이 집결되면서 강력한 국내 진입전을 수행했다.

홍범도는 어려서 부모를 여의고 작은아버지 집에 기거하면서 머슴살이를 했다. 1883년(고종 20) 평양우영(平壤右營)에서 나팔수로 복무하다 탈영하여 황해도 수안 총령(蔥

嶺)의 제지소에서 3년간 일했다. 1891년경 금강산 신계사 (神溪寺)에 2년간 상좌로 있으면서 지담(止潭)으로부터 글을 배우고 승군(僧軍)의 활동 등에 대해 들으며 민족의식을 키웠다. 1895년 을미사변과 단발령으로 을미의병이 전국적으로 일어나자 강원도 철령(鐵嶺)에서 소규모 의병부대를 조직했다. 이듬해 14명의 부대원을 이끌고 함경남도 안변으로 가 석왕사(釋王寺)에 주둔하고 있던 유인석(柳麟錫) 의병과 연합하여 싸웠다.

을미의병 해산 이후 체포를 피해 돌아다니다 북청에서 산포수(山砲手) 생활을 하면서 소규모 항쟁을 계속했다. 1907년 군대 해산을 계기로 전국에서 정미의병이 일어나자 일제는 '총포급화약류단속법'(銃砲及火藥類團束法)을 만들어 항쟁의 확산을 저지하려 했다. 이를 계기로 차도선(車道善), 태양욱(太陽郁), 상봉(宋相鳳), 허근(許瑾) 등과 함께 북청 후치령(厚峙嶺)에서 포수와 농민들을 모아 다시 기병했다.

처음에는 600~700명의 부대원들을 이끌고 기동 유격전술을 펼쳤으나 일본군이 대규모 토벌 공세에 나서자 소규모 부대를 중심으로 한 매복, 기습 전술로 전환하여 큰 전과를 올렸다. 특히 1907년 12월 삼수 전투에서 일본군 함흥, 북청, 갑산 수비대를 궤멸시키는 대승을 거두었다. 이어 이원, 단천, 혜산 등지에서 37회에 걸친 전투를 승리로 이끌자 일제는 이에 대한 보복으로 일진회원(一進會員)들을 사주하여 아내 이 씨(李氏)를 체포, 처형했다.

조선독립군의 항일운동이 치열해지자 일본은 1920년 1월 1일을 기해 여단규모의 병력을 두만강 대안인 북간도로 파견하니 이것을 '간도출병'이라 한다. 1920년 1월에서 6월까지 6개월간 독립군과 일본군이 충돌한 것만도 32건이 된다. 당시 활발히 저항한 독립군이 7개였으며 특히 서일 장군이 이끄는 부대, 안무 부대, 최명록 부대, 홍범도 부대가 유명했다. 그리고 유명한 전투가 '봉오동전투'와 '청산리전투'였다.

봉오동전투는 홍범도 장군이 연합군을 편성해 일본군을 무찌른 대전투였다. 홍범도 장군의 부대가 최명록 장군의 부대와 함께 군무도독부를 형성했고 이곳에 신민단, 군정서 광복단, 의군단, 국민회 등 6개 단체가 합세했고 안무가 이끄는 간도국민회군이 합세해 봉오동에 집결했다.

1920년 6월 4일 삼툰자에 기지를 둔 아군이 두만강을 건너 조선 종성군 강양동 국경초소를 습격해 일본군 1개 소대를 격파하고 돌아왔다. 이에 대한 보복으로 일본군 1개 중대가 강을 건너 삼툰자로 진격했다. 이곳에 매복하고 있던 항일부대는 일본군을 유인해 기습으로 일본군을 무찌르니 일본군은 수십 구의 시체를 내버려둔 채 삼툰자 남쪽으로 퇴각했다. 이것을 '삼툰자전투'라 한다.

급보를 접한 일본군은 1개 대대 병력을 증원해 조선독립군을 공격할 태세를 갖추고 있었다. 6월 7일 조선에 가서 의연물품을 구해 오는 신민단 소속 전사 13명을 후안산 5호 동네에서 목격한 일본군은 이들을 추격해 후안산에서 전투가 벌어졌다. 이에 일본군 1명, 아군 1명, 민간인 여성 1명이 사망했는데 이것을 '후안산전투'라고 한다.

도문시 서북쪽으로 15km 떨어진 북 봉오동 동북향으로 약 20리 되는 갈지자 모양의 계곡에 10여 개의 크고 작은 조선족 마을이 있으니 이곳이 봉오동 계곡이다. 홍범도 장군의 작전지휘를 받는 400여 명의 아군이 사방으로 매복하고 있는 골짜기로 300여 명의 일본군을 유인해 맹공격을 가했다. 유리한 지형에서 아군은 일본군을 4면에서 포위하고 치열한 격전을 3－4시간 벌였는데 일본군은 크게 패하고 말았다. 이것을 '봉오동전투'라고 한다.

아침에 쾌청하던 날씨가 봉오동전투가 끝날 무렵인 저녁이 되면서 구름이 몰려와 장대 같은 소나기를 퍼부었다. 이틈을 타 홍범도 장군은 전군을 철수시켰다. 그날 밤 봉오동에서 철수하던 일본군이 비파골에 이르러 자기들을 후원하러 오는 일본군을 조선군으로 착각하고 서로 사격을 가해 크게 손실을 보았으니 이것을 '비파골전투'라고 한다.

삼툰자, 후안산, 봉오동, 비파골 등의 전투를 통칭 봉오동전투라고 한다. 이 전투에서 일본군은 150여 명이 전사하고 수십 명이 부상했으며 항일연합군은 8명이 사망하고

2명이 부상당했으니 아군이 승리한 첫 대첩이라 하겠다.

봉오동 전투의 보복으로 일본군 19사단 병력과 경찰 등 도합 2만여 명의 일본군이 동원되어 10월 9일부터 30일까지 훈춘, 왕청, 용정, 도문 등 4개 지역의 조선족 마을을 습격해 방화하고 살인을 일삼았다.

이 토벌에 희생된 조선족이 3,469명에 달하고 2,500여 채의 가옥이 전부 소실되었으며 4,500여 석의 식량이 소각되어 총 피해액수는 무려 10,878,600원에 달했다고 한다.

우국지사 활동

1905년 을사조약에 의해 한국이 일본에게 외교권을 박탈당하자 많은 우국지사들이 만주로 이주해갔다. 이들은 무엇보다 민족교육을 통한 애국정신 함양이 급선무라 생각해 만주 일대에 많은 학교를 건립했다.

제일 먼저 세워진 학교가 이상설, 이동영, 여준 등이 용정에 건립한 서전의숙(瑞甸義塾)이다. 이 학교는 신학문을 통해 학생들에게 애국심을 함양해 후일 독립운동을 도모하기 위해 세워진 학교이다. 당시 이 학교에는 초등과 중등을 합해 70명의 학생이 있었다. 학교를 설립한 다음에 이상설은 고종황제의 명을 받아 헤이그 만국평화회의에 파견됐다. 이로 인해 일본은 서전의숙을 폐쇄시킨다.

서전의숙이 폐교당한 후 오히려 각지에서 조선족을 위한 학교가 우후죽순처럼 건립된다. 1908년 와룡동에 창동학교가 세워지고 소영자에 광성학교, 명동촌에 명동학교, 화룡현 광대사에 정동학교, 연길에 연길여학교, 연길현 구수하에 봉명학교가 건립된다. 한편 한족으로 귀화한 이동춘은 중국어학교인 양정서숙을 세우고 일본에서 유학하고 돌아온 이동휘는 용정, 연길, 화룡 등에 초등학교와 중학 등을 세운다. 종교를 배경으로 하는 학교도 건립되었으니 기독교계의 은진서숙과 해동서숙, 대종교 계통의 대성학교, 천도교 계통의 청일학교, 불교 계통의 동흥학교 등이 세워진다.

간도에 이어 압록강 대안인 서간도에도 1914년에서 1919년 사이에 많은 학교가 건립된다. 그 대표적인 것이 흥경현과 삼원보 등에 세워진 신성학교, 삼광학교, 삼성학교, 사양학교, 삼성여학교 등이다. 이들 학교에서 특이한 것은 이상룡, 이시영, 이회영, 이동영 등이 유하현에 세운 경학사(耕學社)이다. 이것은 교육과 산업, 그리고 무력을 동시에 함양하려는 목적에서 건립한 회사의 일종이며 경학사 부설로 건립한 것이 신흥강습소이다. 신흥강습소가 1919년 신흥무관학교가 된다. 당시 신흥무관학교의 교장은 이천민, 교감은 윤기섭이었는데 교관인 이청천, 이범석, 성준용, 원병상, 이장섭, 김성로, 계용보 등이 후일 항일운동에 공헌을 하게 된다. 간도에서 교육활동을 보다 적극적으로 하기 위해 이곳에서 활약하는 교육자들이 간민교육회를 결성한다.

이 시기 신흥무관학교와 유사한 무관학교가 왕청현 라자구에 건립되고 한편 이동휘는 밀산에 무관학교를 건립해 1,500여 명의 젊은이를 훈련시켰다. 이들 학교를 종합하면 1910년대 간도 일대에 설립된 학교가 72개교였으며 이것이 1926년에는 191개교로 증가했다.

1910년 한국이 일본에 합방당하자 많은 우국지사들이 중국의 간도와 러시아의 연해주로 대거 이주한다. 이에 따라 중국에서의 민족운동은 교육운동에서 독립군운동으로의 성격전환을 가져온다. 독립군 활동의 단위가 되는 독립군 부대는 대부분 1911년에서 1914년 사이에 조직된다. 그 대표적인 것을 들면 1911년 서일이 왕청현에 중광단을 조직한 것을 필두로 1912년 이동휘가 화룡현 명동에서 간도국민회를 조직하고 1913년 국자가에 간민회가 설립되며 1914년 연변, 국자가, 용정에 청년친목회와 대동협신회 등이 조직된다.

이 외에도 이범윤이 조직한 대한광복단, 방우용의 의민단, 안도현의 대한정의군정서 훈춘지방의 신대한청년회, 연길시 팔도구의 대한청년단, 훈춘지방 공교회원들이 조직한 복황당 등이 있었다.

1910년 한일합방 당시 독립운동의 중심지는 러시아의 연해주에 있는 신한촌(新韓村)이었다. 중국에서는 손문의 신해혁명에 자극을 받아 전에 조직되었던 독립군 단체들이 통합해 새로운 독립군 군단을 조직한다. 특히 3 · 1운동을 맞이해 간도의 독립운동은 보다 더 활발해진다. 하여 전격적인 군중운동도 기세 드높이 전개될 수 있었다.

연변 조선족의 자랑 – 대성중학교

용정시 용정중학교 교정에는 대성중학교 옛터가 있다. 대성중학교는 그 교명이 알려주다시피 대성유교의 공교회에서 꾸린 학교이다.

20년대 초기에 용정의 유지인사들인 대성유교의 석화준(石華俊)과 청림교의 임창세(任昌世)가 중학교를 꾸릴 것을 제창해 나서서 희사금을 모아 용정구 제4구에 2층 벽돌집에 목조 10칸으로 된 교사를 짓고 1921년 10월 8일에 정식으로 개교식을 가졌다. 학교창립 시 민족주의자 강훈이 학교운영이사 겸 교주로 되고 공교회 유지인사 임붕규를 교무주임으로 위임하고 현기형, 한장순, 김소연, 이정렬 등 5명을 교원으로 초빙하고 조선족 청년 50명을 학생으로 모집하였다.

1922년 4월 초하룻날 아침에 학교학생들은 진보적인 학생들의 선동을 받아 누구도 학교에서 이왕과 같이 지내는 공조제식에 참가하지 않고 교육을 개혁할 데 관한 요구를 강렬하게 제기하면서 이 요구가 실현될 때까지 동맹휴학을 선포했다. 하지만 학교당국에서는 학생들의 요구를 접수하지 않았다.

이에 격분한 학생들은 학교교사 현관 3층에 달려 올라가 '공자 위패'를 뜯어버리고 '학우회'의 지휘 아래 공교회원 인사이며 교무주임인 임봉규를 몰아내고 현기형을 교무주임으로 추대했다. '학우회'에서는 또 교원들과 협상하여 학교운영방안과 과정안을 작성하였는바 사회과의 교수를 위주로 하고 자연과와 외국어 한어를 적당히 교수하고 예능과로서는 습자, 수공, 도화, 음악, 체조 등 과목을 증설한 동시에 각종 종교의식을 무조건 폐지한다고 선포하였다. 이렇게 학교와 종교를 철저히 분리시키고 동맹휴학한 지 4일만에 다시 복학하였다.

1923년 3월에 소련 연해주로부터 김사국이 용정으로 오면서 방한민, 김정기, 이명희 등 인사들과 협력하여 대성중학교의 부설학교인 '동양학원'을 꾸리고 교사 아래층교실 두 칸을 점하여 대성중학교의 제1회 졸업생들을 위주로 70여 명의 학생들을 모집하여 인차 개학하였다.

하지만 용정일본영사관에서 수수방관하려 하지 않았다. 영사관에서는 '동양학원'을 큰 화근으로 여기고 그해 8월에 주구들을 충동질하여 야밤에 학교마당에다 작탄을 파묻어 놓고는 영사관 순경들을 출동하여 그 작탄을 사출해내는 수작을 피워댔다. 이렇게 작탄매설사건을 조작해낸 일본영사관에서는 그것을 구실로 하룻밤 사이에 50여 명의 사생들을 체포함으로써 끝내 학교를 폐교시켜버렸다. 그런데 체포된 대부분 학생들은 인츰 석방되어 나왔으나 학생책임자인 맹진은 넉 달 동안 갇혀 있다가 그해 겨울에 마지막으로 놓여나왔다. 방한민과 김정기는 서울 서대문형부소로 압송되어갔고 김사국과 이명희는 하는 수 없이 소련 연해주로 망명해갔다.

1927년 4월 초에 이린구를 책임자로 하는 대성중학교 청년총연맹이 나왔고 4월 11일에는 이민화를 책임자로 하는 소년총회가 건립되었다. 그해 10월 2일 밤 11시경에 일본영사관 순경들이 불의에 학교를 습격하여 28명을 체포하였는데 그중에는 박재하, 임계학, 정일광, 한장순 등도 있었다.

20년대 후기와 30년대 초기에 용정 여러 학교 학생들은 반일투쟁의 생역군으로 나섰다. 1929년 5월 30일 대성중학교에서 상해 '5 · 30' 4돌을 맞으면서 기념모임이 있었다. 1930년 1월 23일 용정의 여러 학교 학생들은 광주학생들의 반일투쟁을 성원하는 성대한 시위행진을 진행하였는데 대성중학교 학생들이 앞장에 섰다. 이런 기미를 눈치 챈 일본영사관에서는 사복한 순경을 학교에 파견하였다. 그 놈들은 수시로 교수 중에 교실에 뛰어들어 몇 명의 학생들을 함부로 붙잡아 가서는 심문했으나 아무런 선색도 얻지 못했다. 일본 순경들은 약이 치밀어 올랐다.

2월 초순의 어느 날 놈들은 대성중학교와 동흥중학교의 사생들을 몽땅 영사관마당에 끌어다가 찬 땅바닥에 근 3시간 동안이나 꿇어앉히고 주모자를 검거하라고 했다. 하지만 학생들은 누구도 굴하지 않았다.

바로 그해 5월에 용정에서 더욱 전례 없는 반일투쟁이 기세 드높이 일어났다. '5·1'절의 반일시위를 뒤이어 5월 30일 오전에는 대성중학교마당에서 '5·30참안' 5돌 기념 보고대회가 성대히 거행되었다. 이날 밤 조직의 배치로 대성학교학생들은 대불동 근처에서 조선으로 통하는 전화선을 차단하였다. 이후 일제영사관 순경들은 20여 명의 순경들을 출동하여 주목하던 단체거나 집들을 수색하면서 많은 사람들을 체포하였다.

6월 6일 오전 10시 반 좌우 일본영사관에서는 20여 명 순경들을 출동하여 대성중학교에 들이닥쳐 교학 중에 있는 교원 이영수, 박청희, 현기형, 현기성, 이용곤 등 5명과 100명 학생을 체포해갔다. 체포된 학생 중에서 10여 명이 서울서대문형무소로 압송되어갔다. 이렇듯 대성중학교의 영향

이 커지자 일제는 조선인사립학교를 합병, 잠식할 때 우선
먼저 대성중학교부터 틀어쥐었다.

하여 그들은 일본교원 가쯔다기꾸히꼬와 사도요시오를 대
성중학에 파견하여 일어교원을 담임하게 하는 한편 학생들
을 감시하도록 하였다. 뿐만 아니라 학교 동쪽교문 밖에 경
찰분주소까지 앉혔다. 이에 반항하여 사생들은 학교교문을
남쪽에 옮겨 놈들로 하여금 헛물을 켜게 하였다.

1939년 6월 15일 일제는 '사립학교비준규칙'에 따라 대
성중학과 동흥중학을 강제적으로 합병하고 '용정국민고등
학교'로 만들었다. 이리하여 창립된 18년 만에 일제의 노화
교육을 실시하는 학교로 되었다.

1945년 8월 15일 일제가 투항한 후 원 대성학교졸업생
들인 신병원, 김창준 등이 복교사업을 진행하여 현기성 선
생을 교장으로 추대하고 10여 명 교원을 초빙한 후 600여
명 학생을 모집하여 9월 12일 대성중학교 원 터전에서 두
번째로 복교하였다.

1946년 9월 16일 대성중학교는 용정의 5개 중학교와 합
쳐 길림성립용정중학교로 만들어졌다. 영광스럽던 반일투쟁
의 책원지였던 대성중학교는 무수한 혁명간부들과 해내외
의 수많은 지성인들을 배출한 요람으로 오늘도 그 이름이
청사에 빛나고 있다.

주덕해와 승지촌

연변조선족자치주 제1임 주장 주덕해의 본명은 오기섭이다. 주덕해는 1911년 3월 5일, 러시아 연해주 우쑤리쓰크 부근의 산간마을에서 태어났다. 그가 8살 때 부친 오우서가 토비들에게 살해되었다. 살길이 막연한 그의 어머니 허씨는 솔가하여 원 고향인 회령군 팔을면 복생동으로 갔다가 그 이듬해인 1920년 2월에 주덕해는 또다시 어머니와 세 삼촌을 따라 두만강을 건너 화룡현 승지촌(현재 용정시 광신향에 귀속)에 와서 정착하게 되었다.

승지촌은 용정에서 16리 떨어진 산간마을로 원 지명은 수동촌이다. 주덕해는 이곳에서 그의 청소년시절을 보냈고 이곳에서 혁명의 길에 들어서게 되었다. 때문에 승지촌은 그가 한평생 잊을 수 없는 곳으로 되었다. 승지촌에 정착한 이듬해 주덕해는 화룡현공립14소학교에 입학하였으나 가정형편이 어려워 4학년까지 다니고 일찍이 고된 농사일을 했다.

주덕해의 소년시절은 매우 어려운 환경 속에서 보냈다. 아침을 먹으면 저녁끼니가 없는 걱정 속에서 해마다 풀뿌리와 들나물로 보릿고개를 넘었고 엄동설한에도 노닥노닥 기운 홑저고리와 바지를 입고 짚신을 신고 다녔다.

그가 소학교를 다닐 때의 일이다. 짚신이 다 닳아빠져 깊은 밤에 학교에 갈 때 신을 짚신을 삼다가 어쩌나 곤했던지 한 짝밖에 삼지 못하고 그만 잠들었다. 이튿날 학교에 갈 때 하는 수 없이 한 짝 신은 새 짚신을 신고 한 짝은 어머니의 낡은 짚신을 신고 학교로 가자 웃음거리로 되어 애들이 놀려주었으나 그는 대수롭지 않게 여겼다.

그는 또 학교에 바칠 월사금 때문에 어린 가슴을 태웠으나 어머니를 한 번도 괴롭히지 않았다. 그는 어머니의 말씀대로 부지런히 공부하면서 짬 시간이면 집일을 도왔고 일요일이면 형 오기하와 함께 산에 나무를 하여 마당에 나뭇단을 쌓아 놓았다.

주덕해는 비록 소학을 졸업하지 못했지만 낮이면 일하고 밤이면 책을 손에서 놓지 않고 자습하였다. 그는 겨울이면 사숙에 가서 공부한 보람으로 고급소학과목을 장악할 수 있었다. 그 후 공립학교에 당의 지하공작원인 김광진이 교

장으로 새롭게 와서 야학까지 꾸렸는데 주덕해는 이 야학
교에서 혁명의 도리를 터득하고 청년단에 가입하면서부터
혁명의 길에 들어서게 되었다.

1930년 음력 2월 주덕해는 3일 내로 영안지구로 김광진
과 함께 떠나라는 지령을 받았다. 고향과 친인을 떠나는 것
도 아쉽지만 더욱 딱한 것은 의사 김환인의 딸과 혼사를 정
한 것이었는데 바로 음력 2월 30일이면 잔칫날인 것이었다.

주덕해는 혁명의 길에 나서기 위하여서는 처녀의 부모와
어머니를 설복하여 혼사를 물리고 2월 28일 김광진 일가와
더불어 길을 떠났다.

주덕해는 북만에 간 후 1931년 5월 중국공산당 당원으로
되었고 당지부서기를 담임하였다. 그 후 그는 소련 동방대
학에 가서 공부하고 귀국 후 연안에서 사업하였다. 일제가
투항한 후 조직의 지령에 따라 하얼빈에 가서 의용군 3지
대 정치위원으로 있다가 연변에 와 연변전원공사 전원, 자
치주 주장 겸 주위서기, 당의 8차 대표대회에서는 당중앙
후보위원, 성당위 상무위원 겸 부성장, 전국정협위원 등 사
업에서 아주 분망히 보내면서도 고향만을 잊을 수 없었다.

때로는 차에 앉아 승지촌을 지나면서도 옛 고향땅을 디
디지 못하였고 옛 친구들도 만나지 못하였다.

1960년 4월에야 비로소 고향땅을 찾아 반달 동안 묵으면
서 승지촌의 전망계획을 농민들과 무릎을 마주하고 토론하

였던 것이다.

용정시에서 동쪽으로 약 8km 떨어진 광신진 승지촌은 100여 호 농가들이 운집한 동네로서 오붓한 산간마을이다. 선바위를 지나 명동촌에서 7-8리 내려오면 강 남쪽에 유표하게 안겨오는 자연석으로 만든 비석 두 개가 보인다. 그 유명한 15만 원 탈취사건유적지기념비와 '5·30'폭동 지휘부기념비이다. 강 북쪽 아담한 마을-승지촌에는 주덕해생가옛터기념비가 있다. 용정시에서는 당 창건 80돌을 맞으며 주덕해 동지의 빛나는 업적을 기리고저 부지가 1,600㎡에 달하는 주덕해 옛 집터를 복원하였다. 마을입구에서 얼마 안 가 길옆의 방석 같은 돌 위에 새겨진 주덕해 옛 집터란 붉은 글자가 길손들과 유람객들의 눈길을 단번에 끈다.

'오, 여기가 주덕해 옛 집터구나!' 하는 감탄이 절로 난다. 한 것은 주덕해와 연변을 연계시키는 사고환상이 여기에서 더 강렬하고 충동적이기 때문이다. 벽돌담장에 철 대문이 꼭 닫혀 있는 옛 집터는 조용하고 위엄스럽다. 대리석을 펴 놓은 길을 따라 정면에는 주덕해 동지 옛 집터의 비석이 자리 잡고 있다. 비석에는 "주덕해(원명 오기섭) 1911년 3월 5일 러시아에서 탄생, 1920년 2월 승지촌에 이주, 1931년 5월 중국공산당에 가입, 1937년 모스크바 팔로군 359여 지도원, 조선혁명군 정용군 3지대 정위, 1947년 동북행정위원회 민족사무처 처장, 1949년 3월 연변지위 서기 겸 전원, 1952

년 9월 3일 주정부 주석, 제1서기 겸 주장…… 1972년 7월 3일 61세 무한시에서 서거"라고 새겨 있다.

주덕해의 연대기를 압축한 내용을 재삼 확인하노라면 위인의 업적을 새삼스레 기리게 된다. 옷깃을 여미고 하늘을 우러러 유지인사의 영상을 그려보게 된다. 육도하에 비껴흐르는 모습과 여울에서 들려오는 육성이 지금 동해로, 태평양으로 달리고 있지 않는가!

잡풀 하나 없이 알뜰하게 가꾸어진 잔디밭, 울긋불긋 꽃떨기를 자랑하는 백일홍, 푸른 오동나무, 큼직한 바윗돌, 아득히 깊은 우물……. 모든 것이 조화를 이루어 마치 한 폭의 그림 같았다. 주덕해는 분명 승지촌에서 영생의 뿌리를 내린 듯싶다.

철채에 둘러있는 주덕해 생가 옛터는 늘 깨끗이 정리되어 있다. 잔디가 곱게 깔려있는 마당에는 버드나무와 오동나무가 곱게 자라고 있다. 옛집은 없고 기와를 얹은 막 아래 정갈한 우물이 한 틀 있었다. 두레박으로 물을 길어 마셔보면 대뜸 시원하고 맛있다. 탑식으로 건축한 기념비는 향토애, 민족성, 애국주의사상을 불러일으키는 직관물로 이미지를 굳혔다.

비석 양편에서 녹음을 한껏 자랑하고 있는 아름드리 버드나무 두 그루가 자란다. 1971년부터 20여 년간 승지촌의 당지부서기를 역임했고 지금은 노인협회 회장으로 계시는 허윤철 노인은 감개무량해 이왕지사를 추억한다.

"1986년 우리 촌민들은 자갈, 모래를 실어다 낮은 집터를 메우고 연길에서 이 버드나무를 사다가 옮겼습니다. 벌써 10여 년이나 이곳을 지켜온 나무입니다. 어찌나 잘 자라는지 이젠 아름드리나무가 되었습니다."

허윤철 노인은 긍지에 잠겨 미소를 짓는다. 주덕해를 모신 향토인의 자부심이다. 우리 민족의 우수한 간부이며 연변의 경제건설과 사회발전에 마멸할 수 없는 기여를 한 주덕해 동지의 혁명사적을 널리 전하고 후대들에게 혁명교육을 널리 전하고 후대들에게 혁명교육을 하기 위해 당시 주덕해 동지의 옛 집터를 건설했단다. 실로 큰일을 멋지게 해낸 셈이다. 이곳에는 주덕해를 존중하고 사랑하는 근로한 승지촌 촌민들의 피땀과 심혈이 슴베여 있다.

허윤철 노인은 주덕해 동지에 대한 인상이 너무나 좋았다. 한 고향사람의 끈끈한 정을 느낀다는 것이 바로 큰 행복이란다. 그는 주덕해 동지가 이미 타계하신 이범수 노인네 집에 투숙하며 요양할 때다. 그때 주덕해 동지는 토장에 쌈만 찾으셨고 조금도 틀거지가 없이 저녁이면 마당에 앉아 촌민들과 우스개도 하면서 밤늦게까지 얘기를 나누었다. 그래서 10년 동란 시기 주덕해 동지가 갖은 박해를 받을 때도 승지촌 촌민들은 한결같이 그의 뒷심이 되었다. 지금도 청명, 추석이면 촌민들과 용정시 여러 학교 학생들은 어김없이 주덕해 동지 옛 집터를 찾아 추모의 행사를 가진다.

그렇다. 주덕해 동지의 빛나는 업적을 기리고저 용정시에서는 13만 5,000여 원을 투입하여 부지가 1,600㎡에 달하는 주덕해 옛 집터를 복원했다. 2001년 당 창건 80돌을 맞으며 복원식을 굉장히 가졌다. 바로 6월 29일에 있은 준공식에는 원 주정협 주석 장진발, 주인대 상무위원회 부주임 황창수, 주정협 부주석 현광호, 용정시당위서기 오상용과 주덕해 동지의 아들부부인 오양송과 김태순 등과 해당 인사, 친척, 친지들이 참가하였다.

용정과 육도하와 승지촌 그리고 주덕해는 보다 가까운 근거리를 형성하면서 오늘도 세인의 전설을 낳고 있다.

장백산 천지에 깃든 전설

장백산 일대에 오붓한 마을들이 농사를 지으면서 행복하게 살고 있었다. 하루는 하늘에서 심술 사나운 흑룡이 나타나 이 골 저 골의 물골을 지져 놓아 곡식이 노랗게 말라들었다. 백성들은 큰 가뭄과 싸우기 위하여 백가라는 장수를 모시고 낮과 밤을 이어가며 샘물줄기를 찾았다.

며칠 뒤 마침내 콸콸 솟구쳐 오르는 샘물줄기를 찾고 사람들은 기뻐하며 헤어졌다. 그들이 집으로 돌아가자 흑룡은 뒷산 벼랑을 무너뜨리고 광풍을 일으켜 정성 들여 찾아낸 물줄기를 돌산으로 만들었다.

사람들은 살길을 찾아 타향으로 떠나기 시작하였다. 백장수는 바위에 주저앉아 "아아! 이를 어찌하나?" 하며 머리를 싸줘었다.

이때 그의 앞에 아리따운 공주가 나타났다. 백 장수는
허리를 굽혀 절하면서 "이곳은 위험하오니 공주님은 빨리
피하소서!" 라고 하였다.

공주는 부드러운 목소리로 "지난밤 꿈에 하늘에서 오신
신선님이 말씀하기를 '지금 이 일대에 큰 가뭄이 들었노라.
백 장수가 백성들을 거느리고 물줄기를 찾고 있으나 힘이
약하여 흑룡을 당할 수 없으니 장백산 옥장천의 샘물을 석
달 열흘을 마시라 이르시오!' 하고 하셨소이다!"라고 말하
였다. 백 장수가 "공주님 고맙소이다. 소인에게 옥장천을
알려 주기 바라나이다." 하고 말하자 "네, 장수님 우리 함
께 가요!" 하고 공주는 대답하는 것이었다.

백 장수와 옥장천에 이르렀다. 백 장수는 벼랑 밑에서
나오는 옥 같은 샘물을 쉴 새 없이 마셨다. 과연 석 달 아
흐레 동안 마시고 나니 힘이 마구 솟구쳤다.

그날 저녁에 공주가 왔다. 백 장수는 너무도 반가워서
그녀의 손을 덥석 잡았다. 이튿날까지 옥장천의 샘물을 마
신 장수는 장백산 마루에 올라가서 삽으로 땅을 파기 시작
하였다. 삽이 얼마나 컸던지 한 삽을 파내어 던지면 하나의
산봉우리가 되었다. 마침내 움푹하게 패인 밑바닥에서는 지
하수가 강물마냥 솟구쳐 올랐다.

동해에 나가서 용왕의 딸을 희롱하던 흑룡은 장백산에서

큰물이 나왔다는 급보를 듣고 단숨에 날아왔다. "웬 놈이 물줄기를 터뜨렸느냐? 내 칼을 받아라!" 흑룡은 불 칼을 휘두르고 백 장수는 구름을 타고 만근도를 휘두르며 응전하였다. 그들의 싸움은 좀처럼 승부가 나지 않았다. 그들이 싸움에 여념이 없을 때 공주는 검은 용에게 단검을 던졌다.

이때 백 장수는 기회를 놓치지 않고 만근도로 흑룡의 불 칼을 힘껏 쳤다. '쟁강－!' 하는 소리와 함께 불 칼은 끊어져 땅에 떨어졌다. 더는 버틸 수 없게 된 검은 용은 동해로 도망치고 말았다. 검은 용을 이기고 백 장수와 공주가 다시 만났을 때 파낸 구덩이에는 물이 꽉 차서 넘실거렸다. 이것이 지금의 천지이다.

백 장수와 공주는 흑룡이 다시는 물줄기를 건드리지 못하게 하기 위하여 천지 속에 수정궁을 지어 놓고 재미있게 살았다고 한다.

진달래 전설

　멀고 먼 옛날에 천상계(하늘 세계)에서 한 아름다운 선녀가 옥황상제에게 큰 죄를 짓고 인간 세상으로 쫓겨났다. 선녀는 하염없이 울면서 이리저리 헤매던 끝에 한 젊은 나무꾼에게 발견되었다.

　선녀를 보고 반한 나무꾼은 그녀를 자기 집으로 데려와 아내로 삼았다. 1년 후 선녀는 무척 귀여운 딸을 낳아 이름을 '달래'라고 지어주었다. 그리고 나무꾼과 선녀는 딸 달래를 십 수 년 동안 무척 곱게 키웠다. 또한 달래는 날이 갈수록 예쁜 소녀로 자라났다.

　어느 날 달래가 어머니의 심부름으로 잠시 집을 비운 사이에 어머니 선녀는 아버지에게 자초지종을 말했다.

"달래 아버지, 저는 사실 천상계에서 옥황상제께 큰 죄를 짓고 인간 세상으로 쫓겨난 선녀입니다. 그리고 저는 당신을 만나서 행복한 가정을 이루었고 달래를 낳아서 열여섯 살의 아름다운 처녀로 키워냈습니다. 또 이제 저는 인간 세계에서의 시간이 다 되었기 때문에 이제 천상계로 떠나야 합니다. 제가 다시 하늘나라로 가고 없더라도 달래를 훌륭히 키워 좋은 사람에게 시집보내기 바랍니다."

선녀가 말을 마치고 나서 마당으로 나서더니 순간 등 뒤에서 날개가 생겨나서 다시 하늘을 향해 날아갔다. 달래가 심부름을 마치고 집으로 돌아와 보니 어머니가 없어진 것이었다. 아버지는 달래에게 하늘로 올라간 어머니가 하늘나라의 선녀였음을 실토했다. 어머니가 떠나고 홀로 된 아버지는 달래를 더욱 아름다운 처녀로 키웠다. 그리고 달래도 아버지께 순종하는 착한 처녀로 열심히 살아갔다.

달래가 좀 더 자라서 스무 살이 되었을 즈음의 어느 봄날, 들판에서 봄나물을 캐고 있던 달래를 멀리서 살펴본 욕심 사나운 고을 사또가 달려들었다.

"흐흐흐. 너처럼 아름다운 처녀는 처음 본다! 네가 나의 후처가 되어 준다면 나는 너를 무척 호강시켜줄 터이며 네 아버지에게 후한 상금을 내리겠다."

"사또 나리, 제발 망언 삼가 바랍니다. 저는 일찍이 어머니를 여의고 지금 현재 홀로 계신 아버지를 봉양하고 있는

처지에 있습니다. 아무튼 나리의 청이라면 다시 한 번 생각
해 보겠습니다."

　하지만 며칠 후 사또는 부하들을 이끌고 달래의 집으로
불쑥 찾아와 달래를 마당으로 끌어내려 수레에 태우려 하
였다.

　"나리, 왜 이러십니까? 제가 가면 제 아버지는……."

　"그건 나중에 천천히 생각해 보기로 하자. 너는 나만 따
라오면 돼!"

　달래 아버지가 뛰쳐나와서 사또를 만류하려 하였으나 사
또는 부하를 시켜서 무자비하게 달래 아버지를 밀쳐버렸다.
그때 하늘에서 달래의 생모인 선녀가 그 광경을 지켜보고
있다가 땅으로 쏜살같이 날아서 내려오더니 달래를 안고
하늘로 다시 날아갔다. 달래를 후처로 삼으려던 사또는 닭
쫓던 개 담장 쳐다보는 격이 되고 말았다. 사또는 달래 아
버지에게 사죄하였다. 딸마저 잃은 아버지는 매일같이 뒷동
산에 올라가서 하염없이 울어댔다.

　결국 달래 아버지는 몸이 쇠약해진 탓에 몸져눕게 되었
다. 마침내 병석에서 딸의 이름을 정신없이 불러대면서 죽
고 말았다.

　"달래야! 달래야! 내 귀여운 딸 달래야! 으으윽……!"

　사람들은 달래 아버지의 시신을 달래가 나물을 캐던 뒷
동산에 묻어주었다. 그 후로 달래 아버지의 무덤가에서는

봄철이면 밝은 자줏빛의 화사한 꽃이 송이송이 피어났다. 사람들은 그 꽃을 '진달래'라고 이름을 지었다. 진달래에는 달래의 아름다움과 그의 아버지의 애틋한 사랑과 한이 얽혀 있다고 전해진다.

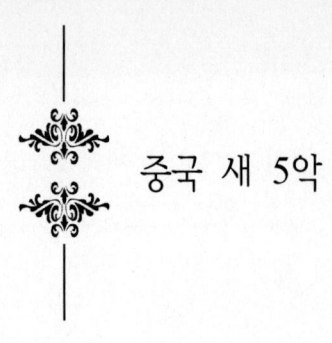

중국 새 5악

새롭게 조합하는 세계 7대 불가사의로 화제물의는 이채롭고 신선하다. 고대 7대 불가사의는 그리스문화시대 말기와 로마제국시대에 만들어진 7가지의 경이로운 건축과 조각상을 일컫는다. 학자들마다 다소 일가견이 각이하나 대표적으로 기원전 2세기 수학가 필론이 쓴 ≪세계의 7대 장관(壯觀)≫에 나오는 목록을 텍스트(text)의 주류로 참조하는데 다음과 같다. 1 - 애굽 금자탑, 2 - 바빌론의 공중정원, 3 - 올림피아의 제우스 상, 4 - 에페소스의 아르테미스신전, 5 - 할리카르나소스의 마우솔로스왕 영묘, 6 - 로드스 섬의 거상, 7 - 알렉산드리아의 등대.

한때 휘황한 전성기를 도금하던 세계 7대 불가사의 중 가

석하게도 현존으론 금자탑밖에 없다. 인류문명과 동조하여 문화유적도 부피를 더해감에 따라 중세기 이후 ≪세계 7대 불가사의≫ 목록에는 이탈리아 로마의 콜로세움(원형경기장), 중국의 만리장성, 영국의 스톤헨지, 이탈리아의 피사의 사탑, 이스탄불의 하기아 소피아 대성당 등이 추가되었다. 그런 와중에 퍽 더 흥미로운 건 현대에 다시 명단을 작성하는 노력이 인터넷을 통해 거세진다는 거다. 스위스의 영화제작자인 베른하트르 베버가 그 주인공이다. 그는 www.n7w.com 사이트를 기반으로 ≪새로운 7대 불가사의≫사업을 추진 중이다. 2000년, 새천년의 개시와 함께 출범한 이 프로젝트는 200여 개 국가에서 무려 1,500여 명이 호응을 보낸다.

주최 측은 먼저 유네스코의 세계문화유산본부가 작성한 목록을 기초로 5대주에 17개를 추려낸 뒤 다시 일반인들이 추천한 8점을 더했다. 로마의 콜로세움, 중국의 만리장성, 프랑스의 베르사유궁정, 파리의 에펠탑, 러시아의 크렘린궁, 인도의 타지마할, 토이기의 하기아 소피아 대성당, 영국의 스톤헨지, 미국의 자유의 여신상, 에스파냐의 알람브라 궁전, 이탈리아의 피사의 탑, 치첸이트사의 금자탑, 남태평양 이스터 섬의 거석(巨石), 페루의 마추픽추, 일본의 천왕궁 등이 후보명단에 올랐다.

참가자들은 메인페이지에 접속해 이메일주소를 ID 삼아 한 번씩 7가지를 선택할 수 있으며 집계현황도 확인할 수 있다. 중국 만리장성 득표율이 지금까지 1위로, 서장의 포탈라 궁이 2위로 달리고 있다. 최종 집계결과는 2006년 1월 1일에 발표할 예정이다.

상전벽해에 고안심곡(高岸深谷)을 거듭하는 요즘이렷다. 세계 7대 불가사의의 순위마저 고쳐 안배하는 시도야말로 격변기의 관념갱신이 낳은 천변지이(天變地異)가 아닐 수 없다. 하다면 중국 새 5악이라는 이설(異說)도 가능하지 않을까 싶다. 필자는 이와 관련한 해당 문헌고증과 답사방고(踏査訪古)를 여러모로 반복한 바 있다.

일본은 3,776m 높이의 후지 산, 멕시코는 5,700m 높이의 시틀랄테페틀로 동서고금에 유명하다. 그렇다면 방대한 대국으로서의 중국 명산은 어떤 것들이 있을까? 고작 고답적인 5악으로 기존개념을 굳혀오고 있다.

권위인사들의 평의에서 상상 밖의 핫이슈(hot issue)가 나돌았다. 중국 '5악' 명산과 '4대 불교' 명산이 모두 10대 명산행렬에 들지 못했다. 거론된 10대 명산의 순서는 산둥 태산, 안휘 황산, 사천 아미산, 강서 여산, 서장 쵸몰랑마 봉, 길림 장백산, 섬서 화산, 복건 무이산, 대만 옥산, 산서 오대산이다. 우리로서는 어깨가 으쓱해 날 명봉미칭이요, 자부심이다.

길림성정부에서 주최한 장백산 '중화 10대 명산' 편액증정식이 2003년 6월 21일 장백산자연보호구에서 거행되었다. 화산용암이 분출하면서 생긴 화산지세, 수직으로 비행하는 폭포 수와 거울 같은 천지, 온천, 협곡 등 30여 곳의 볼거리는 기묘한 수채화를 방불케 한다. 연변의 표징인 장백산자연보호구는 1960년 설립된 이래 그 지명도와 영향력이 날로 확장되었다. 1980년 유엔 교육과학문화조직인 '사람과 생물권' 네트워크에 가입하여 세계자연보호지역으로 되었으며 1986년 국무원의 비준을 거쳐 국가급자연보호구로 되었다. 또한 1992년에는 세계 야생생물기금회로부터 국제A급자연보호구로 평의되었고 2000년에는 국가관광국으로부터 AAAA급 관광구로 되었으며 나중에 '중화10대 명산'으로 탈바꿈했다. 2005년 7월 25일 중국 정부는 장백산관할권을 연변조선족자치주에서 길림성으로 이전하였다. '중화 10대 명산' 추천활동은 국가국토경제연구회에서 주관하고 ≪오늘국토≫ 잡지사에서 주최, 우리나라 과학기술계, 학술계, 정계, 보도계인사들이 공동으로 조직한 것이다. 평의위원회는 사회지명도, 전통문화, 생태환경, 경치특색, 과학가치와 관리건설 등 6가지 표준에 근거하여 대중투표의 방식으로 먼저 15개의 산을 선정한 후 다시 평의를 거쳐 무기명투표의 방식으로 최종 10대 명산을 확정지었다.

중국 새 5악을 다시 재정비로 부팅(booting)한다면 장백산이 5위로 모니터에 등극할 수 있을까 하는 앙케트에 포커스(focus)를 박고 싶다. 일단 가망성부터 표출하련다. 장백산은 아쉽게도 제6위 서열에 자리매김되었는데 좀 더 세심히 구체적으로 분석논의 된다면 월계(越階)할 수 있지 않을까?! 다른 이유라면 또 우선 명산들의 키로부터 감별하련다. 예하면 산동성의 태산 1,524m, 하남성의 형산 1,290m, 섬서성의 화산 1,997m, 산서성의 항산 2,017m, 하남성의 숭산 1,440m에 비해 장백산의 높이는 2,750m이다. 5악의 해발고도와 장백산천지의 최고봉인 백두봉은 무려 평균 1,000여 m의 낙차를 왕청 보인다. 거쿨지고 사이즈가 큰 성지(聖地)는 구조골격부터 불가항력적으로 압도적이다. 2005년 10월 23일 중국 국가지리 잡지에서 평의한 '중국의 제일 아름다운 곳'에 장백산 천지와 장백산 홍송활엽혼잡림의 풍경이 '중국에서 제일 아름다운 5대 호수'와 '중국에서 제일 아름다운 10대 산림'으로 평의되었다. 이 몇 가지 비교사실로도 능히 재래식 5악의 허점을 발견하고 장백산의 고로한 잠재가치를 어련히 체크할 수 있다 하겠다.

어디 그뿐이랴! 고대황제나 제왕들의 거둥길이 액색했던 변경오지였던 만큼 봉신, 순례자, 사찰제사, 묘회(廟會), 축제, 성전(成典) 등 성황리의 이벤트도 전무했다. 길상물이 건조한 장백산의 몸값도 당연히 매몰될 수밖에 없었다. 봉금정책, 남황위장(南黃圍場)사냥터, 통상봉쇄, 출입거주거부, 수교차단이 심한데다가 탐험고찰도 거의 공백이었다. 게다가 변강의 장백산은 지리여건의 미흡으로 소외되면서 투자, 관광, 홍보 등 방면에서 빈 구석이 수두룩했다. 하다

보니 정부차원이나 텐트촌, 명소관광, 캠프파이어, 바캉스 등 방면에서 동서고금을 거쳐 매양 동떨어진 메의 취급을 면치 못했다. 이미지복구는 고양작업으로 보완해야 한다. 민족의 성산이요, 조종의 멧부리요 하면서 빈 허파만 불구지 말고 실리적인 역사반증으로 중국 새 5악 홍포(弘布)에 입을 모아야 할 때다. 통개중문(洞開重門)으로 문호개방을 다그칠 때니까.

세련된 섹시함과 탈쇄한 우아함 그리고 절륜함과 돌올함이 동시에 공존하는 성산 명산이다. 노출과 은닉을 함께 거느리고 네티즌들의 검색어 1위로 빈도가 높은 신비의 독천장 – 활무대! 독일 프랑크푸르트 근교의 가구 매장 앞에 전시된 거대한 의자 위에 사람들이 사다리를 타고 올라가 기상천외의 조감도를 착상한다. 이 의자는 총 25.30m의 높이에 의자 높이 12.70m인데 세계에서 가장 큰 의자로 기네스기록에 손색없다. 독일은 이렇게 판매쇼핑에서까지 인위적인 제조로 세인의 주목을 끌었다. 그렇다. 속세에서 히트하려면 기발한 아이디어가 창출해야 한다. 그런데 우리는 천연보물고인 장백산을 미개발로 구겨둔 채 지역우세를 처깔했다. 성역당상(城役堂上)과는 선명한 대조를 보이는 자폐증이 아닐 수 없다.

미국 러처스 대학의 유전학 교수 글렙 슘야츠키 박사는 의학전문지 ≪셀≫호에 뇌 부위의 '스타스민'이라는 유전자가 단백질 생산을 통해서 두려움을 조절한다고 밝혔다. 이 유전자가 제거된 쥐들이 개방된 장소를 무난히 출입했다는 실험결과이다. 공포의 조건반사를 없애는 '스타스민'으로 세뇌 교육하여 본능적 우려와 후천적 체념을 유익하게 관장할 수 없을까?! 세인의 한결같은 숭배 속에 누누 천년 품위를 자랑해온 쵸몰랑마봉도 그 높이측정에서 차질을 빚어 새로 수정되는 소동을 겪었다. 원래의 8,884m 높이가 8844.43m로 정정되었다. 세계최고봉으로 널리 알려진 쵸몰랑마봉의 높이가 8844.43m로 측정됐다고 중국 국무원 보도판공실이 2005년 10월 9일 오전 9시에 기자회견을 갖고 이같이 발표했다. 2005년 3월 15일부터 시작된 쵸몰랑마봉높이 재측정사업은 5월 22일까지 쵸몰랑마봉에 관한 모든 데이터 채집을 마무리하고 전문가들의 분석을 거쳐 세상에 공개하였으며 1975년에 공포했던 8848.13m라는 쵸몰랑마봉의 높이에 대한 데이터를 더는 사용하지 않는다고 밝혔다. 공연한 불안의 장애지수를 해소하는 소화능력이 갑절 필요함을 절감할 때 인간은 비로소 진보로 통한다.

태산의 등반 노정은 9km, 6,452개의 층계이다. 확실히 태산은 건축시설이나 유허비(遺墟碑)가 즐비하고 늘비하다. 도처에 절간, 사원, 석상, 신당, 묘비 등 문화구적이 지천으로 널브러질 지경이었다. 태산을 경모한 자작시만 천여 수가 넘는다. 산봉우리 156개, 절벽 138개, 동굴 72개, 기석

72개, 계곡 130갈래, 폭포 64개, 샘물 72곳, 사당 58개, 유적지 128개, 비석 1239개, 마애석각 1277개가 있다. 천8백여 곳에 비각과 제자를 남겨놓은 석각서법의 박물관이 이를 잘 입증한다. 태산각석(泰山刻石)은 진나라 시황제가 세웠다. 별처럼 산재된 가관풍경들과 명승고적들을 일일이 감상하기엔 광선부족과 함께 시간여유가 엄청 모자랐다. 전설의 임금인 황제로부터 요, 순 이래 백여 명이 넘는 역대의 제왕들이 하늘에 봉선을 고해왔었다. 유사 이래 진의 시황제, 한의 무제, 당의 현종 황제, 광무제, 당고종, 송전종 등 72명이 봉선을 했다. 청 시대에는 강희와 건륭도 태산에 들렀는데 건륭은 11차례나 태산행을 가졌다. 어디 그뿐이랴! 공자, 두보 등이 태산에 올라 시구거나 자취를 남겼다. 인류문화의 보물고내용이다. 천왕전, 경석욕, 남천문, 벽하사, 당마애패, 옥황정, 일관봉, 혁인봉, 후석오, 용담폭포, 육조송 등 경관은 유람객들에게 숭고하고도 위대한 운치형상을 수립시켜 준다. 태산에 장백산을 견주면 너무나 초라한 원시적인 조매시대이다. 단순히 항일전적지, 구전설화, 이민개간사로 장백산을 강조하기엔 역부족이다.

그러나 장백산의 숭엄한 기품은 가까이에 다가서도 뒤로 물러서도 여전히 도고한 입체미를 각인시켜 준다. 과대광고와 천장지비(天藏地祕) 간의 한계에 찜찜했다. 5악이란 말은 한무제 때 처음 등장했다. 당현종은 5악을 왕으로 봉했으며 송진종은 5악을 제(帝)에 봉했다. 명태조는 5악을 높여 신으로 삼았다. 그때는 봉건세습 내지 지역적 토템설법의 힘을 입어 5악이 생겼다. 협애하고 편면적인 지리제약성이 규정한 일면도 배제할 수 없다. 현대의 시각에서는 보다 전 방위적인 통찰로 정평을 기해야 한다. 가령 김소월이나 하이네 등이 강호가도(江湖歌道)로 장백원시림을 동가(動駕)했더라면 훗날의 일화는 어떻게 유전되었을까? 만약 칭기즈칸이나 누르하치 혹은 나폴레옹이나 무솔리니가 말 안장에 앉아 백두대간을 질주하였다면 기담괴설은 한결 농후하였으리! 명산대찰, 명수죽백(名垂竹帛)의 5악 멤버십으로 발탁되는 행운을 엔조이했을 것이다.

≪삼국사기≫ 제사지에 의하면 조선의 원 5악은 토함산, 지리산, 계룡산, 태백산, 팔공산이다. 조선 세종의 북진개척 이후에는 새로운 영토개념과 재래의 풍수지리사상이 혼융되어 금강산, 묘향산, 지리산, 백두산, 삼각산으로 수개해 현재에 이른다. 그렇다. 5악 선정도 모두 역사의 세례 속에 부동한 변이를 가져올 수 있다. 완전완미는 없다손 쳐도 또 인간된 사고기능은 줄곧 그 극치를 추구하는 속성임에랴. 시대의 발전과 더불어 현세의 인문심미관도 보다 정체성을 동반해야 세계적인 통합권에 유조할 수 있다.

2005년 10월 23일 중국 국가지리 잡지에서 평의한 '중국의 제일 아름다운 곳'에 장백산 천지와 장백산 홍송활엽혼잡림의 풍경이 '중국에서 제일 아름다운 5대 호수'와 '중국에서 제일 아름다운 10대 산림'으로 평의되었다. 평의결과에는 '중국에서 제일 아름다운 10대 명산', '중국에서 제일 아름다운 6대 빙천', '중국에서 제일 아름다운 5대 호수' 등 15개 지리유형의 100여 개 풍경을 평의했다. 평의에서 전문가들은 "천지는 중국에서 제일 깊은 호수이며 면적이 제일 큰 화산구 호수이다. 천지가 있는 장백산은 풍경이 기이하여 중국의 녹색보물고이며 귀중한 약재의 고향이고 많은 진귀한 동물들이 서식하는 천연동물원이다."고 평했다. 또 장백산 홍송활엽혼잡림에 대해 전문가들은 "이 산림의 원시성, 장관성, 신기성은 극찬할 바이다. 침엽혼잡림은 현재 보기 드물며 원시적인 침활혼잡림은 더욱 보기 힘들다."고 평가했다.

2006년을 맞아 20억 원을 장백산고정자산투자에 투자하는데 그중 풍경구 내 고정자산투자가 6억 원에 달한단다. 그때면 관광은 대변신을 가져온단다. 봉산관리도 필요 없단다. 화재의 숨은 위험이 존재하고 있는 장백산 서쪽비탈을 전년 개방하여 더욱 많은 관광객을 받아들이는 것이 급선무로 언급되었다. 2008년 중국 북경올림픽전 장백산관광공항이 사용에 투입될 것으로 전망된다.

2006년 1월 22일 9시 58분, 장백산보호개발관리위원회 현판식이 안도현 이도백하진에서 진행되었다. 성, 주 지도

자들인 전철수, 등개, 남상복, 이금빈, 위민학, 김진길 등이 현판식에 참석하였다. 장백산보호개발관리위원회(이하 장백산관리위원회)는 성 당위와 성 정부의 결정하에 장백산구의 보호강도를 강화하며 장백산개발건설을 다그치고 우리 성의 관광우세산업을 힘써 육성하기 위하여 설립되었다. 안도현 이도백하진에 설립된 장백산관리위원회는 길림성 장백산국가급자연보호관리국, 안도현 안도장백산관광경제개발구, 장백산화평관광휴가구, 백산시 무송현 무송장백산관광경제개발구, 장백현장백산관광경제원구를 총괄하며 그 관할구역면적은 6,718㎢이다. 2005년 8월 16일, 장백산관리위원회 지도부가 정식으로 세워진 후 관리위원회 지도부는 심입된 조사연구를 거친 후 3~5년의 노력으로 장백산지명도를 높여 장백산브랜드를 형성하며 장백산생태관광경제시범구를 건설할 사업사로를 내놓았다. 성 당위 전철수 부서기는 장백산관리위원회의 설립은 여태 미해결로 있던 장백산관리체제문제가 드디어 해결을 보게 되었다고 하면서 해마다 20%씩 늘어나는 겨울철관광추세를 잘 파악하여 장백산관광제품개발에서 정부의 행위가 아닌 기업의 행위로 관광시장을 넓혀가며 여타 지구와 차별화한 대상을 정착시켜나갈 것을 바랐다. 장백산관리위원회의 현판식으로 하여 장백산의 보호와 개발은 이제 정식으로 통일적 계획, 통일적 보호, 통일적 개발, 통일적 관리의 시대에 접어들게 되었다.

향후 3년 내 장백산세계문화유산 신청도 전면 가동한다. 오악지수(五岳之首)에 근사한 장백산이 이제 스타덤에 쇼킹할 날을 하마하마 희망한다. 자치주의 심벌(symbol)이 중국의 명품, 세계의 라벨(label)로 급부상하려 태동하는가! 신드롬(syndrome)은 순간에 작렬한다 했던가!

불행 중 다행이랄까?! 최근에 새로 쇄도하는 뉴스가 위안을 몰아온다. 최근 중국에서는 중국의 오악을 다시 정해야 한다는 목소리가 높아지며 새로운 오악 선정이 현실화되고 있다. 그런데 최근 중국의 많은 지리학자들은 오악을 다시 정하기로 하고 몇 개의 산을 후보로 발표했다. 후보 산으로 동악은 동북의 백두산, 서악은 티베트의 에베레스트 산, 중악은 사천성의 아미산(峨眉山)과 안휘성의 황산, 남악은 대만의 아리산(阿里山), 북악은 신강(新疆)의 천산(天山) 등이 선정돼 뭇사람들의 공감을 얻고 있다. 전문가들에 따르면 오악은 고대 중국인들이 산신께 제사를 지내거나 오행설(五行說), 임금의 사냥 등이 행해지던 산을 중심으로 정해졌다. 한나라 선황제[宣宗] 신작원년(神爵元年, 서기 61년)에 ≪오악조서≫를 발표했는데 당시는 남악을 천주산(天柱山)으로 기록해 지금의 남악인 형산과는 다르다. 남악이 형산으로 바뀐 것은 수(隋)나라 문제(文帝) 때부터였다. 중국 지리학자들은 "오악이 정해졌던 한나라의 국토는 지금의 중국과 지리적으로 많은 차이가 있었다."며 "시대가 바뀌면서 오랫동안 칭해오던 오악과 현대인들이 말하는 중국의 명산은 다소 차이를 보인다."며 오악의 재선정을 극구 주장한 것으로 알려졌다.

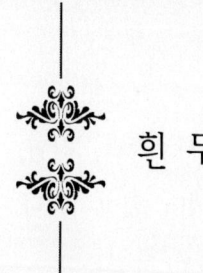

흰 두루마기

남자복의 편복(便服)으로는 백저포(白苧布), 철릭(帖裏), 답호(褡護), 심의(深衣), 직령(直領), 도포(道袍), 창의(氅衣), 중치막(中致莫), 고(袴) 등을 입었다. 두루마기[周衣]를 겉옷으로 입게 된 것은 고종 21년 이후부터이다.

두루마기는 소매가 좁으며 옆이 뒤로 막힌 옷이라고 하여 두루마기라고 불렀다. 두루마기는 우선 예복으로 사철 입어야 하는 옷이었다. 착의상태라야만 바깥출입을 하고 집안에서의 손님접대도 가능했었다. 종류는 여름에는 백이두루마기와 홑단두루마기, 봄가을에 겹두루마기, 겨울에 솜두루마기 등이 있다. 옷감은 겨울에는 명주, 모직, 무명, 옥양목, 부사견 등이었고 봄가을에는 명주, 얇은 모직, 포플린,

옥양목, 항라 등으로 여름에는 모시, 생모시, 항라, 삼팔, 생노방, 당항라 등이 쓰이었다. 색상은 백색이 일반적이나 회색, 고동색 등도 많이 곁들이었다.

두루마기는 조선시대 사람들이 가장 오랫동안 보편적으로 입어온 저고리와 바지 위에 걸치던 겉옷의 일종이다. 북방계 민족이 방한(防寒)을 위해 상고시대부터 입던 옷에서 비롯되었으며 ≪삼국지≫ 부여전의 기록으로 보아 부족국가시대부터 입었음을 알 수 있다. 고구려 벽화에 의하면 두루마기의 형태는 크게 2가지로 나뉜다. 하나는 소매가 넓고 길며 여밈이 직령교임식(直領交衽式)이다. 즉 깃은 곧고 섶은 겹치도록 옷을 여미는 방식인 거다. 다른 하나는 소매가 좁고 길이가 짧은 것이다.

삼국시대의 두루마기는 ≪백제국사도≫, ≪삼국사신도≫에서도 볼 수 있는데 여기에 나타난 삼국시대의 두루마기 형태는 비슷하다. 상하에 모두 두루마기를 착용한 데는 방한 이외에도 의례가 더 크게 우선시로 작용한 거다. 두루마기는 매우 널리 입혀졌고 조선 후기에 이르러서는 하층민까지 보편화되었다. 그 후 고종(高宗)대에 도포가 비활동적이라는 이유로 좀 더 단순화된 두루마기가 평상시의 예복이 되었다. 개화기에 착용하기 시작한 두루마기는 이미 복제에 대한 신분상의 구분이 없어졌다.

현대의 연미복이거나 야회복 혹은 패션쯤으로 자리매김

되었던 두루마기가 고향과 조국을 떠날 땐 더는 예복이요, 나들이옷이라는 브랜드를 달 수 없었다. 살길을 찾아 구사일생으로 사득판과 소택지를 헤쳐며 나가는 날라리인생엔 멋이나 폼을 잡을 계제가 될 수 없었다. 흰 두루마기는 하얀 깃발로 동북광야에 펄럭거리며 아리랑변주곡으로 바뀌었다.

생리학적 이론에 근거한다면 인간을 포함한 모든 포유동물은 성호르몬 주기가 있다. 봄에서 여름에 거쳐서 활발하고 가을에서 겨울 사이는 대개 억제된다. 이 성호르몬의 사이클(cycle)이 두뇌의 반응에도 영향을 미친다. 그래서 가을이나 겨울은 두뇌운동이 차분한 시기이기 때문에 무슨 일에 대한 계획을 세우기에는 안성맞춤이다. 하여 음미사고를 포기한다는 것은 바로 인간이 동물에로 접근동화되는 과정이다.

두루마기를 불교에서는 도량창옷이란다. 주지하다시피 고대 주차의(周遮衣)라는 두루마기야말로 조선족의 고유한 웃옷으로서 주로 외출할 때 입었으며 무작정 벗는 것은 예의에 어긋나는 것으로 터부시했다. 실향민, 망국노들이 피난살이, 천입이민으로 고향을 등지고 두만강빙판을 건널 때 나들이마냥 챙겨 입었던 흰 두루마기를 현시점에서 다시 상상해보라, 결백과 순수를 동경해온 심미관을 알고도 남음이 있지 않은가! 그만큼 조물주도 자연과 영합을 이룬 합당한 기후를 내어주시곤 추방당하고 도주하는 불청객들의 흰 두루마기를 하얀 눈보라, 하얀 얼음세계, 하얀 성에꽃, 하얀 서릿발 속에 카무플라주(camouflage)시켜주지 않았던 가 싶다. 흰옷의 백포자락과 눈부신 은백색의 풍경은 조화로 통일되어 국경선과 철조망, 또치까와 검사소의 감시를 피해 무난히 행선지에 이르게 보호해주었다. 만물이 죽었다는 계절미라를 넘어선 이민1세는 이 땅에 한반도의 흰 두루마기를 심어준 파종자들임이 분명하다. 동포의 겨울은 수난자들의 은폐호로 무풍지대를 제공했다. 강판은 유랑민의 안전도강에 적신호를 켜주었고 흰 두루마기는 저승에서 이승으로 통하는 활동체 화신이었다. 유입과 정립을 바로 찾는 데 모를 박았다.

봉화대는 타올랐다. 화전민은 삶의 불씨를 원시림에 지폈다. 풍요보다는 궁핍이, 환락보다는 위구심이 주야로 들볶는다. 독립자유를 회복하려는 우국지사, 유지인사들이 대폭 만주 간도로 이주했다. 1870년대부터 시작한 유민행렬은 농업개간자들로서 황무지를 일구어 생활의 터전을 마련해갔다. 생존의 진상(眞相)은 액색한 대립물로 우환을 채떨치지 못했다. 부드러운 설편(雪片)은 마수마냥 도처에서 이민자들을 농락하며 터치(touch)한다. 쟁기를 다루며 불시에 순경이나 헌병의 손에 덜미를 잡힌 듯 무시로 전율해야 할 속민들이었다. 움막집의 아궁이에 삭정이를 집어넣다가

도 사립문이 바람에 찌쿵 열리면 와뜰 놀랐다. 웬 마름이나
순사가 나타났나 두리번거려야 했다.

1920년대 본격적인 항일 무력투쟁을 전개하면서 교육과
계몽과 감성은 비약적인 탈쇄개화를 가져왔다. 3분의 2가
잔류해 재중동포인 중국조선족을 형성하면서 대국 땅에 동
포군체기반을 수립했다. 노비의 속량을 허락받는 운명개변
이 왔다. 광복이었다. 이 나라의 주인공으로 떳떳이 호적등
록을 신고하고 인권, 민권, 족권을 부여받은 번신이었다. 4
년간의 해방전쟁과 3년간의 항미원조전쟁은 중국조선족이
라는 흰 두루마기이미지를 확고히 심어주었다. 황산벌전투
－백제멸망, 무인정권, 무오사화, 임진왜란, 병자호란, 임오
군란, 한일합병, 일제식민통치 등 다재다난과 함께 반우파
운동, 대약진운동, 문화대혁명, 비림비공 등 역사세례도 체
험한 후유증을 우리는 알고 있다. 960여 차의 외침을 밥
먹듯 하며 세월의 굽이를 돌아 후대를 이어 하얀 민족패턴
을 보여준 백의 넋은 끈끈했고 줄기찼다. 흰 두루마기와 하
얀 겨울을 동시에 연상하노라면 배달민족계절이라는 합성
어가 신조어처럼 튕겨 나온다.

에스키모(Eskimo)는 북극, 캐나다, 그린란드 및 시베리아
의 아(亞)북극지방에서 어로, 수렵을 하며 사는 인종이다.
캐나다의 크리 인디언이 '날고기를 먹는 사람들'이라는 뜻
에서 붙인 이름인데 그들 스스로는 '인간'을 의미하는 이누

이트라고 불러왔다. 이들이 북극의 추운 기후에 유전학적으로 적응했다는 뚜렷한 증거는 없다. 허나 혹독한 겨울을 이기며 생존을 보유한 데는 그들만의 노하우(knowhow)가 있다. 이 중 북(北)에스키모는 겨울에 얼어붙는 해안지역에서 살며 태평양 에스키모는 아(亞)북극의 태평양 연안에서 사는데 모두가 추위를 이기는 비결이 따로 있다. 대부분의 겨울 집은 목재나 고래 뼈로 틀을 짠 뒤 돌이나 뗏장으로 덮은 반지하의 집이었다. 중부 에스키모와 퀘벡 에스키모들이 겨울이면 눈덩이와 얼음으로 둥글게 만든 이글루(igloo)라는 눈 집은 곰이 올라가도 무너지지 않을 만큼 꽤 튼튼하다. 알래스카 북부의 순록을 사육하는 사람들은 보통 이중의 반구형으로 된 지붕인 돔(dome)형 천막에서 살았다. 이러한 주택에는 보통 대가족이 함께 거주했다. 그린란드 동부와 서부에서는 50여 명이 함께 살 수 있는 돌집이 일반적이었으나 그린란드 극지방의 에스키모는 돌집에서 핵가족별로 거주했다. 에스키모들이 혹한에 대응한 생존방편으로 반지하, 얼음집, 돔, 돌집 등을 창안했듯이 배달겨레네는 흰 두루마기를 입고 두만강삭풍을 이겼다. 우리 조상님들의 방한대책이 에스키모인들보다 더 간거했고 낙후했다. 어수선하고 간단하고 홀가분할 정도였다. 하여 겨울을 감지하는 느낌이 곱절 더 심각하다. 그만큼 절실한 동족애 내지 동질성은 상상을 넘어서며 혈통정체성을 극도로 주입받고 있다.

그리곤 뿌리에 스며드는 이슬수분으로 젖는다.

2005년 11월 세계친선대사이며 자선활동가인 성룡 스타가 연변을 방문했다. 16일 문예연회 전 성룡은 한국스타 김희선과 통화하였는데 차후 연변동행을 요청하였다고 한다. 연회서 두루마기를 입고 "안녕하세요, 반갑습니다!"라는 인사말로 등단, 사회자들과 어울려 조선민족풍속알아맞히기, 오락, ≪돌아와요 부산항에≫ 등 한국노래 그리고 자기가 주연을 맡았던 영화 ≪신화≫의 주제가와 ≪진정한 영웅≫ 등 노래를 불러 연변체육관 장내 6000명 관중을 열광의 도가니에 빠지게 하였다. 인기스타 성룡은 연변을 떠나기 전 두루마기를 입은 자신의 모습을 담은 신문을 보면서 "어우, 두루마기를 입은 내가 더 멋있구만요." 하며 감탄, "연변에 꼭 다시 오련다!"고 말했다. 성룡이라는 거물급 스타가 두루마기를 입는 프로필이 얼마나 멋진가! 배달겨레의 편린을 국제적 차원에서 목격해 한결 이색적이다.

2004년 칠레에서 열린 APEC 정상회의 때 참가국 정상들은 칠레 민속의상인 폰초(Poncho)를 입고 기념촬영을 했다. 당시 회의에 참석한 한국 노무현 대통령은 다음 해 회의 개최국으로서 '우린 뭘 입으면 좋을까.' 하고 고민 속에 회의를 준비하다가 도포는 소매가 너무 넓어 불편할 것이니 두루마기가 어떻겠느냐 하는 의견을 내놓았다. 이후 실무진과 전문가들은 검토과정에서 두루마기, 배자(조선시대

남녀 모두 입던 조끼모양의 의복), 도포 등 세 가지 안이 논의됐고 전통의 멋을 내기 적합하면서 착탈의에 편리하며 방한, 방풍에도 도움이 되는 두루마기를 촬영의상으로 결정했다. 청와대는 2005년 11월 25일 '청와대브리핑'을 통해 11월 19일 성공리에 막을 내린 제13차 부산 APEC 정상회의 막후일화를 공개했다. 2005년 11월 부산에서 열린 APEC(아시아태평양경제협력체) 정상회의에서 21개 회원국 정상들이 기념촬영을 할 때 두루마기를 입은 것은 완전히 노 대통령의 제안에 따른 것이다. 두루마기를 착복한 아세아 고위급 수뇌자들의 기념촬영사진이 세상에 공개되었다. 두루마기의 자랑이다.

세한송백(歲寒松柏)처럼 늠름하고 끼끗할 흰 두루마기 춤 사위여! 정녕 이 땅의 백의겨레 시조였던 것을 느낀다. 두루미 날갯짓은 대붕되어 구만장천을 선회하는가! 미투리, 개화장, 쪽박, 버선발, 쪽지게, 과시 죽장망혜에 폐포파립(敝袍破笠)의 행색이 오늘을 끈질기게 이어주었다는 다이어리(diary) 기록은 위대할 수밖에 없다. 그리고 아름답다. 무너지고 줄어들고 떠나가는 시수풍이(時殊風異) 와중일수록 더 그리운 흰 두루마기 프로필이다. 사뭇 부드럽게 안겨오는 열두 폭 비단인들 이다지 다감할까!

성년식 예찬

원시 사회에서 일정한 나이에 이른 남녀에게 씨족 또는
종교나 주술 단체 등의 성원으로서의 지위를 주는 의식이
현재 성년식의 전신원형이다. 역사해석을 빌면 관례(冠禮)
를 이르는 것이고 사회학적인 각도로 말하면 입사식(入社
式)이기도 하다.

역사상 세계 여러 종교에서는 종교인들이 대중의 지지와
공적인 선포를 통해 성인으로 추증되었으며 이들은 각계각
층의 신자에게 매우 중요한 영향을 끼쳤다. B.C. 6세기 공
자가 중국에 세운 유교에서 성인의 경지는 몇몇 이상적인
'초기 성군(聖君)들'의 삶에서 가장 잘 드러난 윤리적 완성
의 상태라고 보았다. 또한 B.C. 6세기경 중국에서 일어난

도교에서는 성인의 상태를 좀 더 신비스럽게 설정하여 침착하게 자연의 도를 받아들이는 것으로 보았다. 일본 토속 종교인 신도(神道)에서는 많은 신비스러운 성인들을 숭배하지만 선하든 악하든 모든 인간이 죽은 후에 초자연적인 존재가 된다고 신봉한다.

소승불교에서는 열반의 경지에 이른 모든 불자(佛子)들 특히 승려들을 아라한(阿羅漢)으로 인정한다. 이와 대조적으로 대승불교에서는 모든 사람이 부처, 즉 성인이 될 가능성을 갖고 있다고 본다. 다른 사람들의 영적인 성숙을 돕기 위해서 자신의 깨달음을 연기하는 사람을 보살(菩薩)이라고 하며 이들을 성인으로 간주한다. 티베트의 탄트라 불교는 성인의 범위를 한층 더 넓혀서 과거의 성인이 환생한 존재까지도 포함시킨다.

인도의 자이나교는 이 종교의 창시자 마하비라(Mahavira)를 성스러운 예언자 서열에서 24번째에 해당하는 인물로 숭배한다. 인도의 대표적인 종교 힌두교에는 다른 종교의 성인들을 포함하여 '사두'(sadhus)와 아바타르(신이 인간의 모습으로 환생한 존재)로 간주하는 인물이 많다.

서양의 경우 고대 그리스 종교의 영웅은 많은 점에서 성인과 비슷하다. 조로아스터교와 파시교에서는 '프라바시'(Fravashis), 즉 본성이 선하며 선재(先在)하는 영혼들을 인정한다. 히브리 ≪구약성서≫에서는 하느님의 백성으로 선택된 모든 이스라엘

사람에게, ≪신약성서≫에서는 그리스도교 교회 구성원에게 성인(성도)이라는 용어를 사용했다. 그러나 6세기부터는 교회에서 공식적으로 숭배를 받는 죽은 신자들에게 특별히 붙이는 영예로운 칭호가 되었다.

정교에서 일컫는 성인(聖人)과 연령단계로 말하는 성인(成人), 즉 성년(成年)은 구별점이 있다. 내가 이 글에서 피력하고자 하는 범주는 그 후자에 속하는 거다. 어린이로 취급되던 개인이 사회에서 한 사람의 어른으로 인정받는 의례로서의 성년식을 가리키는 거다. 성인식이라고도 하며 통과의례 중 중요하면서도 여러 뜻을 갖고 있다는 데서 가히 기념할 만한 인생행사였다.

성년식은 크게 2가지 성격을 지니는데 성인이 된 것을 축하하는 경우는 개인중심이고 가족적 또는 공개적으로 행해지는 것을 가리키고 입사식(入社式)의 경우는 성인 나이가 되어 청년조직, 결사 등에 참가하는 집단적 가입의례를 말한다. 일반적으로 남자의 성년식은 집단적으로 하는 경우가 많고 여자는 개인적, 가족적으로 한다. 남존여비의 전통 유습인가 보다. 허나 나는 외동딸 정신애의 성년식을 개인적이나 가족적 공간보다는 동질성과 그 연대성으로 민족이미지를 먼저 내비쳐 보여주련다. 이러한 가맹은 민족공동체에 멤버십충당을 의미하지 않는가! 줄어들고 붕괴되는 집단패밀리에 소속성원의 보충은 그 후속력 보완이 아닐까

싫어진다. 흔단이 보이는 동포군체에 던져오는 근사한 위안으로서 모름지기 감사해야 할지도 모른다. 하여 어느 날 갑자기 적중한 모멘트를 만나 감흥의 물고를 터뜨리듯 이맘때 감흥을 묵새기는 와중이다. 물론 조용하며 오롯한 내재적 함의를 더 부여하고픈 마음에서 이 메시지로 고명딸 같은 독녀(獨女)에게 진한 축복을 주고 싶다.

성년식을 거쳐 개인은 비로소 완전한 성인으로서의 권리를 획득하고 의무를 지게 된다. 그래서 성년식은 어떤 사회에서도 중시되며 이제까지의 생활을 떠나는 것과 새로운 신분을 얻는 것이 '죽음과 재생'이라는 모티브(motive)로 표현되는 경우가 많다. 또 성년식은 전형적인 통과의례이므로 ① 지금까지의 신분에서 분리되는 분리기, ② 새로운 신분을 획득할 때까지의 과도기, ③ 새로운 신분으로 통합되는 통합기의 3단계로 되어 있다. 서아프리카 멘데족의 폴로라고 하는 성년식에서는 학령기의 소년이 일정 수에 이르면 소년들은 동족의 장로에게 이끌려 숲 속에 설치된 학교로 간다. 소년들의 배에는 닭 피가 담긴 자루가 감겨 있는데 그들이 학교 울타리 안으로 들어가면 창으로 자루를 찔러서 피가 흐르게 한다. 소년들은 죽어서 영혼의 세계로 들어간 것으로 간주되는 것이며 이것은 분리의 의례를 뜻한다. 학교에 있는 동안 소년들은 윤리, 도덕, 의례, 생활기술 등 성인 남자가 알아야 할 모든 지식을 배운다. 학교에서의 훈련은 고되지만 연이어 잔치가 벌어지므로 즐거운 면도 있다. 소년들은 할손례(割損禮)를 받고 성교육도 받는다. 이 기간을 과도기라 할 수 있다. 훈련을 마친 소년들은 마을로 돌아오는데 이름이 바뀌고 가족이나 아는 사람을 만나도 모르는 체해야 한다. 이것은 '재생'을 상징하며 통합기라 할 수 있다. 이와 같은 성년식에는 개인이 이 의례를 기해 ① 사회의 한 성원이 되고, ② 능력을 시험하기 위해 일정한 시련을 받으며, ③ 결혼이 허락되는 3가지의 중요한 측면을 발견할 수 있다.

한국의 성년식에 해당되는 것은 관례(冠禮)와 계례인데 이는 중국의 영향을 받아 상류계급에서 행해진 것으로 절차가 매우 복잡하다. 지금은 1973년 성년의 날을 제정한 이래 만 20세가 되는 해를 성년이 되는 해라 한다.

일본의 성인식은 매년 1월 15일로 만 20세가 된 이들에게 성인이 된 것을 축하해준다. 이 의식을 통과함으로써 사회의 정식 구성원으로 인정된다. 이것은 1948년에 시작되었으며 이날은 국민축일로 각 자치제에서는 20세가 된 성인들을 공회당이나 구민회관에 초대하여 성인식을 치러준다. 정해진 복장은 없지만 남자는 양복, 여자는 후리소데 차림이 많다. 지역에 따라서는 오본("盆) 귀성 시기에 맞추어 8월 15일에 성인식을 행하기도 한다. 후리소데가 너무 고가(高價)인 관계로 화려한 기모노 경쟁을 피하게 한다는 배려에서 여름에 이를 행하거나 평상복차림으로 참가시키는 자치제도 있다. 또한 성인식을 계기로 어버이처럼 섬길 사람인 오야붕[親分], 오야카타[親方]를 찾아 친자관계를 맺는 경우가 많다.

겐푸쿠란 옛날 성인식으로 당나라 때의 제도를 받아들인 것인데 나라시대(8세기)에서 헤이안시대(8세기 말~12세기 말)에 걸쳐 천황가와 귀족 사이에서 행해졌다고 한다. 그 당시에 남녀 모두 겐푸쿠식을 하였다. 이때 남자는 13~16세, 여자는 12~16세 사이에 행해졌는데 남녀 모두 처음으로 어른 머리형으로 올리고 어른 의상을 입었다. 중세에 들어서서는 겐푸쿠는 남자 경우만을 가리키게 되었다. 무사계급에서는 겐푸쿠 때 유아명을 버리고 성인인 된 무사로서의 이름을 얻게 되었다. 카마쿠라시대에는 겐푸쿠식 때 '간무리'[冠]를 쓰는 것은 귀족, '에보시'를 쓰는 것은 일반무사라는 구별이 있었는데 무로마치시대경부터 무사들 사이에 앞머리를 깎는 것이 유행, 이것이 성인식의 증거가 되었다.

여성의 경우도 꽤 절차가 복잡하다. 여성도 특정 연령에 달하면 성년식만큼 현저하지 못했지만 영산이나 영지를 순례하는 풍습이 있었다. 코시마키(腰卷) 축하라는 것도 있었다. 일본식 속치마인 긴 천을 허리에 감는다. 대개 13세에 성녀가 되었음을 의미하고 이것은 혼인이 가능한 연령이 되었음을 인정하는 의례이다.

철장 첨가(鐵漿付)축하도 의미 있다. 철을 술이나 차 등에 담가 산화시킨 액체인 철장으로 원래는 성인이 되니 여성이 치아를 검게 염색하였는데 헤이안시대에는 귀족이나 무사남자들도 행하였다. 에도시대에 들어와서는 기혼여성임을 나타내는 하나의 표시가 되었다가 메이지 이후 급속히 사라지기 시작했다.

초경 축하도 있었다. 생리기간 중에 생활하는 대야[他]에 들어가면 가네오야[鐵漿親]가 쌀과 팥으로 밥을 지어 축하해주며 이웃으로부터도 쌀과 축하 인사를 받았다.

일본이나 유럽, 한국이 아닌 중국연변권 내에서 태어나서 이 땅의 물을 마시며 이 땅의 문화전통을 수업해온 딸따니의 경우에는 성년식예찬이 아마도 자중과 지혜, 그리고 인내를 저력으로 보이는 노력이 우선시됨이 바람직하다 하겠다. 왜냐하면 경쟁연대, 지식시대, 정보공간에서 압력과 부력을 잘 조섭하면서 엘리트기질을 소유한다는 자체가 엄청 곤혹을 치를 걸 강요하기 때문이다. 이러한 안목의 현시점에서 나는 정신애의 18세 성년식에 자중과 진취, 희망과 비약을 기대하는 이 메시지를 가장 값진 선물로 증송하는 바이다. 일본 일부 도시에서 성년식을 일부러 무더운 여름인 8월 15일에 거행하는 이유가 바로 비싼 기모노패션의 유행을 막기 위한 데 있다는 발상은 어디까지나 선진적인 현실성을 강조한 것이라 할 수 있다. 평복차림으로도 그 내

함을 여실히 나타낸다는 발단은 형식과 내용의 완미한 하
모니(harmony)였다. 국제화라지만 성년식의 허무표상이거나
외곽포장은 불필요한 낭비이다. 어디까지나 진솔하며 소박
하고 실리적이며 오롯한 추구로 새로운 잠재영역을 확장,
개발하는 것이야말로 급선무라 하겠다.

2004년 5월 18일은 제1차 연변조선족자치주 성인절이다.
무남독녀 정신애도 전주 3만 3526명의 열혈청년들과 함께
18세 문턱을 넘어서게 된다. '공민, 책임, 희망'이 바로 우
리 주의 첫 성인절의 주제이다. 진정한 성인의 상징, 신분
증을 소유한 공민으로 선거권을 가지는 뜻 깊은 시각이기
도 하다. 공주, 옹주, 현주, 마마-보이(←mamma's boy),
치마폭아이, 응석받이, 예비성인으로부터 기여의식, 책임의
식, 지향의식을 두텁게 쌓기 바란다. 신들메를 더 단단히
동여야 할 것이다.

오랑캐령

북경의 자금성(紫禁城)은 명, 청대의 궁정이다. 높이 11m, 사방 4km 길이의 담으로 둘러싸인 이 성은 현존하는 중국 최대 규모의 옛 건축물이다. 동서길이 760미터m, 남북너비 960m, 면적 0.72㎢이다. 1925년 고궁 박물관으로 바뀌어 일반에게 공개되었다. 구궁 박물관은 중국에서 가장 귀중한 문화유산 가운데 하나로 현재 국가중요보호문화재로 지정되었다. 북경고궁이라는 자금성에는 9,999개 반의 방이 있다. 각 방에는 옛 황족들이 사용하였던 보물, 생활용품 등이 당시 깔축없이 진열되어 황제의 부귀영화의 생활양식을 핍진하게 재현한다. 북경고궁은 곰바지런히 들락날락 나들어야 칸칸이 구경할 수 있고 용정－삼합 구간의 오랑캐령은 허위허위 올라야 굽이굽이 지날 수 있다. 방 칸수가 많은 것이 자금성이 유람객의 발목을 잡는 원인이라면 오랑캐령은 경사도와 함께 배배 꼬인 나선식으로 조합된 궤적이 자체의 매너라 하겠다. 소라의 껍데기처럼 빙빙 비틀려 돌아간 똬리무늬는 오봉산의 각선미이다. 차창에서 굽어보면 눈뿌리가 아찔해 길손들의 간담을 서늘케 하면서 스릴을 작동시켜주는 것이 이른바 오랑캐령의 천부적인 호소력인지도 모른다. 전자는 수평의 조형미이요, 후자는 수직의 곡선미이다.

오랑캐령을 투철히 인식하자면 먼저 오랑캐란 낱말에 대한 요해가 필요하다. 몇 가지 유래를 조목별로 옮겨본다.

옛날 옛적 한사군 시절에 임둔이라는 국가의 현왕에게는 무남독녀 공주만이 있었다. 과년한 공주가 혼기를 놓칠까 봐 무척 걱정이 된 임금은 부마감을 선발하기 위하여 전국에 방을 붙여 지원자를 물색했다. 공주의 용모와 현왕의 지위에 반한 응시자들은 대뜸 술렁거렸다. 부마 자리를 노린 전국의 젊은이들이 구름처럼 몰려드니 국사가 시끄러움을 받는 때가 비일비재였다. 그러나 공주 역시 만만치 않았다. 청혼자들마다 거의 거절을 당했다. 궁궐에서는 무자격자의 무분별한 지원을 방지하기 위하여 공주에게 퇴짜를 맞는 젊은이들은 곤장 열 대를 치고 돌려보냈다. 교훈을 징계하여 질서를 바로잡자는 목적에서였다. 애초에는 무수한 젊은이들이 응했으나 알현을 한 청혼자들이 연속 볼기를 맞고 대거 퇴출하다 보니 방문자가 없어 썰렁해졌다. 이때 임금도 방도를 달리할 책략을 모색했다. 임금은 마지막으로 일주일의 말미를 주고 다시 한 번 방을 붙이기에 이르렀다. 즉 궁궐 앞 큰 북을 치는 사람은 심사를 하여 부마로 삼겠다고 선포를 하였다. 그러나 공주가 오만하고 청혼자에 대한 요구가 높아 하늘의 별따기라는 소문이 전국 방방곡곡에 퍼져서인지 마지막 날인 이레가 되는 날까지 감히 북을 치는 명사수가 없었다. 해는 서산에 뉘엿뉘엿 지기 시작하자 수문장이 한숨을 쉬면서 북을 거두려는 찰나에 북소리가 둥둥 울리는 것이 아닌가? 임금을 비롯한 궁궐 안의 조정대신, 문무백관들이 경악을 금치 못했다. 한참 후 수문장의 안내를 받아서 임금 앞에 나타난 주인공은 청년이 아니라 큼지막한 성년의 수캐 한 마리가 아닌가? 이목구비가 뚜렷하고 잘 생긴 누런색의 성견(成犬)이 제법 꼬리를 설레설레 흔들며 임금의 주변을 살살 맴도는 것이었다. 너무나 당황한 임금과 궁궐 내의 혼례도감은 민망한 표정으로 개를 끌고 나가도록 수문장에게 지시를 하였다. 결국 수문장에 이끌려 나가게 된 황구는 자꾸 궁궐 쪽을 돌아보며 무엇인가 애처롭게 읍소를 하는 원망의 기색으로 축출당하지 않으려고 필사적으로 버티는 것이었다. 북을 친 사실이나 생면부지의 인간들과 공존하려 용을 쓰는 모습이 해괴하면서도 한편 못내 기발하고 대견했다. 이때였다. 줄곧 잠자코

있던 공주가 저 개를 자신이 키우겠다고 발설하기에 이르
렀다. 아버지인 임금은 꺼림칙했으나 예쁜 공주의 강경한
청탁인지라 일축할 수도 없었다. 나중에 그렇게 하라고 허
락하고 개를 다시 데려오도록 하였다. 수문장에게서 풀려난
큰 개가 순진하게도 임금 앞에 와서는 두 다리를 모으고는
넙적 엎드리더니 절을 하는 자세를 취하고는 쏜살같이 공
주에게 달려가 꼬리를 치며 공주의 품으로 달려들었다. 이
어 뒷다리 두 발만으로 짚고 서서 두 앞발로 공주를 껴안
는 것이었다. 살갑게 제법 붙임성이 있는 성견 때문에 공주
는 마냥 즐거웠다. 임금 역시 못내 만족하는 희색이 다분했
었다. 개는 정식 궁중에 입궐하는 자격을 지녔다. 체격과
용모가 월등한 개는 유난히 공주를 애대했고 신용을 얻었
기에 공주의 내실이나 침실까지도 무상출입이 허용되었다.
그 개가 공주와 인연을 맺은 지도 꽤 시일이 흐른 어느 날
문안 인사를 드리러 온 공주를 따라 그 황구도 어전까지
들어와 공주와 함께 나란히 서서 공주가 하는 절에 맞춰
임금님에게 넙죽 절은 하는 것이 아닌가! 임금이 어이가
없어서 "야, 이놈아! 네 놈이 마치 내 부마라도 되는 것처
럼 처신하는구나. 어림도 없다." 하고 야단을 치자 돌연 황
구는 눈물을 뚝뚝 흘리며 공주의 등 뒤로 가서 숨는 것이
었다. 성견의 일거일동이 인간과 어찌나 비슷한지 임금은
너무나 당혹스럽기도 하고 민망하여 공주를 물끄러미 쳐다

보는데 웬걸 공주의 앞가슴에 선혈자국이 낭자할 줄이
야……. 하도 해괴하여 자초지종을 물으니 황구가 밤에 공
주에 가슴에 상처를 입혔다는 것이 아닌가? 너무나 어이없
고 화가 난 임금은 당장 황구를 잡아 가두어 더 이상 공주
에게 접근을 못 하도록 묶어 놓으라고 엄명을 하였다. 공주
가 계속 황구와 있게 해달라는 간청에도 불구하고 황구도
궁궐 내 다른 개들과 함께 묶여서 다시 개의 세계로 감금
되었다. 그런데 이상한 현상은 그 황구가 기존의 개판으로
들어오자 궁궐 내의 터줏대감 왕초 개에서부터 10여 마리
가 넘는 모든 개들이 넙죽 엎드려 절을 하고 상전으로 모
시니 마치 주인이 하인을 다루는 형상이었다. 개들에게 개
밥을 갖다 주어도 그 황구가 먹으라고 하기 전까지는 함부
로 먹지도 않으며 그날부터 개들이 대소변을 일정한 장소
에만 보는 등 하루아침에 궁궐 내의 개의 세계에 질서가
완전하게 잡혔다. 그래서 그날 이후로 궁궐 내에 모든 개들
은 개 줄에 묶여서 속박받는 신세를 면하였으나 개들에게
는 공주의 방에서 100자 이내에는 접근하지 못하는 금줄이
그어지고 그 이내는 금단의 지역으로 금족령이 내려졌다.
그런데 희한한 일은 대전과 공주 궁 주변 100자를 넘어나
는 경계선 밖에는 세 개들이 자발적으로 돌아가면서 경비
를 서고 순찰을 돌기 시작하여 철옹성으로 지키니 그 누구
도 딴 마음을 먹고 궁내로 침입을 할 수가 없게 되었다.

한편 황구가 곁을 떠나간 그날부터 공주는 웬일인지 식음을 전폐하고 몸은 점점 여위어 가고 입을 닫아버리니 잘못하다가는 무남독녀 딸을 잃을 형국인지라 임금도 고민이 이만저만이 아닐 수 없었다. 황구를 공주와 함께 있게 하자니 공주의 가슴이 남아 있지 않을 것 같고 격리시키자니 사랑하는 공주를 잃을 형상이니 이를 일러 진퇴유곡이 아니겠는가? 그날도 임금 내외는 걱정스러운 표정으로 마주 앉아 공주의 안위를 걱정하며 수라상을 들려고 하는 참이었다. 별로 식욕이 당기지 않는 임금이 억지로 수저를 들고 국을 한 숟갈 뜨고 입에 넣으려는 찰나에 어디서 나타났는지 그 문제의 황구가 바람처럼 쏜살같이 나타나 껑충 뛰면서 임금의 오른손을 쳐 버리니 뜨거운 국물이 용포를 적시었다. 화가 엄청 난 임금이 "역시 개새끼는 그러면 그렇지! 어쩔 수가 없구만." 하고 소리를 빽 질렀다. 왕비가 임금의 용포를 닦아주고 "그만한 일로 뭘 그러세요. 짐승이 한 일을 가지고……." 하며 임금을 탓하였다. 화가 덜 풀린 임금이 숟가락을 놔버린 반면에 왕비는 그냥 밥을 퍼서 먹기 시작하였다. 밥이 입에 들어가려는 순간 어디에서인가 다시 황구가 튀어나오면서 밥숟갈을 둔 황후의 오른손을 치면서 엎질러버리는 것이었다. 그때 또 다른 개 한 마리가 얼른 튀어나와 쏟아진 밥을 집어 먹기 시작하였다. 너무나 의외의 상황에 입이 딱 버러진 임금 내외가 어쩔 줄을 모르고 있는데 왕비의 밥을 대신 집어 삼킨 개가 거품을 물고 쓰러지는 것이 아닌가! 그때서야 상황을 알아차린 임금이 급히 금부도사(禁府都事)를 부르니 황구가 부엌에서 으르렁거리는 소리가 들렸다. 금부도사가 부엌에 들어서니 찬모(饌母) 무수리의 치맛자락을 황구가 물고 있다가 그때에야 이를 놓고 아궁이 앞에서 꿍꿍 대기 시작하였다. 즉각 그 무수리를 체포하고 황구가 가리키는 곳을 파헤쳐 보니 비상이 나왔다. 임금을 시해하고 왕위를 찬탈하기 위한 역모의 음모는 황구를 위시한 궁궐 견들의 활약으로 사전 분쇄된 것이었다. 그날 이후 왕의 칙령으로 궁궐에서는 더 이상 개를 잡아먹을 수 없도록 하는 금구식령(禁狗食令)이 내리고 궁궐 안의 모든 개들을 견공(犬公)으로 칭하여 대접하고 특히 공주가 총애하던 황구에게는 정승의 반열에 올려주고 부마로 삼아 공주방의 출입을 다시 허락하였다. 그렇게 시름시름 앓던 공주의 얼굴에 생기가 돌고 궐내에는 평화가 찾아왔다. 다만 이 황구가 너무 집요하게 가슴을 파고들더라도 상처가 생겨나지 않도록 황구의 손톱을 깎아줌과 동시에 잠자리에 들 때만은 양손에 오랑을 채워줬다고 한다. 그래서 이 오랑을 채운 수캐와 공주와의 사이에 출생한 후손들을 오늘날 오랑캐라고 부르게 되었다는 전설이 전해져 내려오고 있다.

또 다른 한편의 오랑캐 유래 역시 민속적인 의미를 담고 있다.

　오랑캐는 예전에 두만강 일대의 만주 지방에 살던 여진족을 멸시하여 이르던 말이다. 한자로는 올량합(兀良哈)이라고 쓴다. 원래 흑룡강성 우쑤리 강의 지류인 목릉하 유역에서 살아왔으나 명나라가 세워질 시기에 두만강 유역으로 전이했다. 오랑캐는 두만강 유역을 중심으로 간도에서 함경도 무산 쪽으로 압록강 상류에 이르는 곳에 분포하고 있었다. 고려 말기 두만강 지역으로 옮겨 그곳을 중심으로 간도 및 함경도 무산군 등지와 압록강 상류에 분포하였다. 이 부족은 여진족의 한 부족 추장을 단위로 1명의 추장 밑에 수십 호가 작은 부락을 이루며 산재했기 때문에 통일이 어려웠고 세력도 약해 고려와 명나라에 복속되기도 했다. 결국 고려와 명나라에 복속하기도 하였으나 조선시대 초 북방의 변경에서 준동해서 토벌되기도 하였다. 조선 초기에 흉년이 들면 변방을 자주 침입해 토벌당하기도 했다. 목릉하는 건주여진(建州女眞)이 명나라의 군정에 들어가면서 건주좌위(建州左衛)에 들어가 부족의 명칭도 없어진 듯하다.

　기원을 살펴보면 오랑캐라는 그들의 시조가 본래 개와 사람 사이에서 출생했기 때문에 그의 후손들을 오랑캐라고 불렀다는 설화가 부정을 면치 못한다. 한 재상이 얇은 껍질로 만든 북을 만들어놓고 이 북을 찢지 않고 치는 사람에게 딸을 준다고 포고방문을 내렸다. 그는 관상에도 일가견을 지니고 있어 사윗감 고르기 역시 독특했고 신중했다. 호시탐탐 노리던 구경꾼들은 입만 다시고 말았다. 누구도 감히 손을 대지 못했다. 급기야 기적이 나타났다. 하루는 개가 꼬리로 북을 쳐 수수께끼신화를 깨뜨렸다. 재상이 딸과 개를 혼인시켰다. 개와 대례를 치르고 신방에 들었다. 개는 사람의 구실을 다 하였다. 그런데 밤이면 핥고 물고 할퀴니 괴롭기 짝이 없었다. 딸은 이를 견디기 힘들어 개의 네 발목과 입에 따로 주머니와 망을 해서 씌웠다. 개는 주머니가 4개, 망이 1개인 오낭(五囊)을 낀 신세가 되고 말았다. 개신랑을 아예 봉쇄해버린 것이다. 이윽고 이들이 자식을 낳자 북쪽으로 추방되어 후손을 번식했다. 이리하여 북방에 사는 겨레를 오낭구(五囊狗)의 후손이라 이르게 된 것이다. 그 뒤 '오낭'(五囊)을 낀 개(狗)라는 뜻인 '오랑구'가 '오랑캐'로 변해 북쪽에 사는 사람들을 그렇게 불렀다고 한다. 이 설화는 조선을 자주 침입한 북방 여진족에 대한 적대심과 모멸감이 다분한 뉘앙스를 배제할 수 없는 특징을 보인다. 그리고 또 제비꽃을 근근채, 반지꽃, 병아리꽃, 씨름꽃, 오랑캐꽃, 외나물꽃, 자화지정, 장수꽃이라고도 하는데 원줄기는 없고 잎은 땅바닥에 모여 달린다. 잎은 피침형으로 밑이 둥글거나 심장 모양이고 끝은 뭉뚝하다. 잎가장자리가 밋밋하고 잎자루는 매우 길다. 짙은 자주색의 꽃은 4~5월에 긴 꽃대 끝에 피는데 5장의 꽃잎 중 아래쪽에 있는 꽃

잎은 거(距)를 형성한다. 열매는 삭과로 7월에 익는다. 이 식물은 제비꽃 속 식물 중 번식률이 가장 좋으며 번식은 포기나누기 또는 씨로 한다. 어린순은 나물로 먹고 태독, 유방염 등 부인병과 중풍, 이질, 설사, 진통, 인후염, 황달, 독사교상 등의 치료에 약재로 사용하며 발육촉진제, 간장기 능촉진제로 쓰인다.

제비꽃을 굳이 오랑캐꽃이라고 하는데 역시 오랑캐라는 속칭과 관련성을 보인다. 과거 제비꽃이 필 무렵이면 식량이 떨어진 중국오랑캐들과 외세침략자들이 가끔 조선 쪽으로 월경해 이국을 범했다는 매원의 발로라 하겠다. 그 연혁에 깃든 복수유래의 파생이라는 것이다. 하지만 병아리꽃이라는 이름은 작으나 예쁜가! 이 화명의 내막은 앙증맞은 모양새를 나타낸 상징표현에서다. 제비꽃은 아주 척박한 곳에서도 꽃을 피우는 강인한 꽃이다. 그러나 제비꽃의 다른 이름인 오랑캐꽃에 대한 사학가들의 관찰은 또 다른 이설을 제기한다. 1627년 1월에 시작된 정묘호란, 1636년 1월에 시작된 병자호란 등 사변은 오랑캐들이 침입한 시기와 제비꽃이 피는 시기와의 관련성은 적다. 그러면 왜 오랑캐꽃이라 불렀을까? 시집 ≪오랑캐꽃≫(1947)에 실린 이용악의 시 '오랑캐꽃'(1939)이 이에 대한 궁금증을 다소나마 풀어준다. 오랜 세월을 중국여진족과의 싸움에 살았다는 식민지통치하의 서민들이 제비꽃을 불러 오랑캐꽃이라 했으니 콤플렉스를 공연히 리바이벌(revival)한 것은 아니었을 것이다. 어찌 보면 제비꽃의 뒷모양이 머리 테를 드리운 오랑캐의 뒷머리와도 흡사하다는 구절로 반증하는 것으로 일층 불거진다. 제비꽃과 오랑캐꽃과 오랑캐령을 삼위일체로 접목시키려니 초매시대를 리메이크(remake)하는 감도 없지 않고 또 각축과 마찰과 시련의 정족지세(鼎足之勢)도 부인할 수 없다. 위신지도(爲臣之道)도 지키기 어렵거니와 최하층에서 허덕이던 평민의 따라지 인생영위도 천서만단(千緒万端) 엉키지 않았던가! 막막했던 궁핍을 만날 것 같다.

오랑캐령을 일명 와집령이라고 불렀다. 두만강 회령방면에서 강을 건너 남강산맥을 넘어가면 오랑캐령에 이르게 된다. 살길을 찾아 떠난 이민들은 와집령을 넘어 육도하와 해란강 합수목인 지금의 용정시 교외에 도착했다. 강변의 황무지를 개간함으로써 그때부터 이주민의 첫 마을이 시작되었다. 이것이 용정의 시초이다. 구배 심한 오랑캐령을 넘으면서 망국민조상들이 오늘의 연변에 초창기의 자국을 남겼다. 하여 오랑캐령은 천입민족의 입문이요 실향자들의 관문이었다. 아스라니 구름 속에 솟은 오랑캐령은 아리랑고개였다. 아흔아홉 굽이가 똬리처럼 도사리고 있어 교통과 운수에 막대한 장애물이자 걸림돌이었다. 정보소통을 차단하는 장벽이 아닐 수 없었다. 원한의 영마루였다.

개혁개방은 오랑캐령의 꼬부라든 허리를 폈고 아흔아홉

굽이는 마침내 꼬리를 사렸다. 절지동물에 속하는 갑각류, 곤충류들이 체절을 삭제한 듯, 진화한 듯 아흔아홉 굽이는 거추장스러운 부속지(附屬肢)를 대거 절단했다. 여진족도 '오낭'(五囊)도 현대작명가들이 새로 규범을 지을 신조어렷다. 문호개방에 동조해 나라에서 대폭 투자했다. 국문이 서서히 열린 동풍을 타고 국도가 새로 건설되면서 오랑캐령이 12미터 낮아졌다. 산의 해발고도마저 낮추면서 조절하는 인간전승법을 알고도 남음이 있다 하겠다. 자연을 다스린 교통혁명이다.

오랑캐령을 일명 또 해관령이란다. 한 것은 1915년 전후, 오랑캐령에 해관이 설치되었던 역사에 비롯된 명칭유래이다. 이민자의 서러운 그림자가 비낀 오랑캐령에 해관까지 설치되어 통행자들을 통치했고 오늘은 영마루가 키를 낮추었다. 오랑캐령은 요충지대로서의 경계가 삼엄했고 통상봉쇄로서의 통관기능을 지닌 완충지대였다. 애환이 진하게 점철된 서민의 물적 유통이 바로 수송, 하역, 보관, 통신 따위의 여러 활동 속에 비껴있었다. 그 진실한 삶이 오롯하게 압축되었을 해관령이다. 통상의 기능은 제한되어 차단 기능을 겸비하고 아울러 상업적 거래의 장소역할은 희박했을 것이다. 지명조사에 따르면 1851년 함풍원년부터 오랑캐령이라는 남강산맥을 넘어 육도하 상류에 정착한 이주민들이 있었단다. 마을, 숙박집, 점포, 국수집, 약방, 시계점, 요릿

집, 여관, 주막, 기생방, 음식점 등 시설이 운집한 걸 봐선 여러 지방 사람들이 드나드는 건널목임을 알 것 같다. 함풍 연간에 이미 금곡, 석문, 청림, 청송 등 6개 마을이 있었다. 물론 당시 층차분별의 통상관계로 각 지방의 소식과 문물을 교류하고 한편 문화적 기능도 겸비하였다는 것이 해관령의 공간유대였을 것이다. 노천교역이 주종을 이룬 가운데 이주민, 장사치, 밀수자 혹은 천입대오가 통관했을 것이라 보인다. 대립자에서 동남쪽으로 7.5km 상거한 지신과 삼합의 경계에 바로 오랑캐령이 있고 그 위에 오봉산이 솟아 있다. 오랑캐령은 불도저에 의해 키를 낮추었다. 그런대로 오봉산만은 체격보존이 여전하다. 원래 오랑캐령은 제일 높은 영마루가 해발 830m였지만, 지금은 818m인 셈이다.

모아산의 전설

옛날, 모아산은 멀리서 보면 마치 버섯처럼 생겼다고 '버섯산'이라 불렀다고 한다. 곁에 다가가 보면 사면은 깎아지른 절벽이요 꼭대기는 가름발로 된 넙적한 청석으로 층층이 덮여 있어 마치 양산을 씌운 듯했다. 사면에는 크고 작은 구멍이 벌집처럼 나 있는데 큰 것은 수레가 두어 대 드나들 만큼 컸다. 오뉴월 염천에는 그 동굴 속에서 차가운 냉기가 쓸어 나오고 때때로 산 위에서 구들장 같은 돌이 떨어지며 산산조각 나는 바람에 아무도 감히 그 산기슭으로 가볼 생각을 하지 못했다. 이같이 하나의 독버섯 같다고 '독심산'이라고도 불렀다.

헌데 독심산은 무시로 이 고장에 재난을 가져다주었다.

사람들은 이것을 산신의 조화라 여기고 해마다 산신제를 지내곤 하였으나 그 효험이 없었다.

어느 한 해였다. 이해에 산신제를 특별히 잘 지낸 탓이 었는지 처음 되는 희한한 농사였다. 삼복철을 무사히 지내고 처서까지도 무사히 지냈다. 인젠 들판의 곡식이 여물어가기 시작했다. 그런데 바로 처서가 지난 닷새 만이었다.

이날 아침 눈앞도 분간하기 어려운 짙은 안개가 끼더니 갈보소리, 풍악소리가 사십 리 넓은 벌이 떠나갈 듯 요란하더니 곤룡포를 입은 사나이가 독교에서 내려 일산 밑에 우뚝 섰다. 석장을 휘두르며 미친 듯이 웃어대던 사나이는 독심산 제일 큰 굴속으로 들어가 버렸다. 과시 불길한 징조였다. 아니나 다를까 한낮이 되어 날씨는 시루 안처럼 무덥더니 독심산 너머로 손바닥만 한 검은 구름이 동동 떠오며 갑작스레 하늘은 먹장구름으로 뒤덮이고 천둥소리가 요란했다. 뒤이어 광풍이 대작하며 주먹 같은 우박이 쏟아지더니 우박이 인차 녹으며 홍수로 변했고 홍수는 눈 깜짝할 사이에 들판의 곡식을 말끔히 밀어갔다. 사람들은 하늘을 우러러 대성통곡했다.

이때 독심산령 밑 마을에 늘 낡은 삿갓을 쓰고 다니며 소를 모는 목동아이가 이 화근을 뿌리 뺄 결심을 내리고 눈에 쌍심지를 켜고 밀강도끼를 둘러멘 채 독심산으로 달려갔다. 곤룡포를 입은 사나이가 투구를 쓰고 갑옷을 입고 장검을 비껴든 채 나와 앙천대소했다. 목동아이가 도끼를 들고 달려들었으나 찍기도 전에 사나이의 장검에 도끼는 두 동강이 나고 말았다.

"요놈의 자식, 하룻강아지 범 무서운 줄 모르는구나."

그 말소리가 끝나기도 전에 쓰러졌던 목동이 벌떡 일어서는데 신기하게도 목동이 둘이 되었다. 몇 번이나 쓰러졌다 일어서더니 목동은 순식간에 수백 명으로 되었다. 이리하여 일대 혼전이 벌어졌다. 곤룡포 입은 사나이는 당해낼 수 없게 되자 굴속으로 도망쳤다. 몇 백 명의 목동도 밀강 도끼를 들고 뒤쫓아 들어갔다. 산속에서 함성소리 비명소리 요란하며 이슥토록 싸우더니 천지를 진동하는 요란한 소리와 함께 독심산이 탁 터졌다. 얼마간 지나 먼지가 사라지니 독심산의 모양이 변했는데 푹 내려앉아 지금의 모양으로 되었다.

그 후부터 이 고장에선 다시는 재화를 모르게 되었다.

삿갓을 쓴 목동아이가 묻힌 이 산이 멀리서 보면 마치 목동이 쓰고 다니던 삿갓과 비슷하다고 하여 '모아산'이라고 불렀다고 한다.

부르하통하

연길도심을 꿰질러 흐르는 강이 있다. 부르하통하이다.

명나라 때 어떤 목수가 '거울을 보면 일월을 알 수 있을 뿐만 아니라 역대의 일들을 알 수 있다.'는 진귀하고도 괴상하게 생긴 거울 하나를 주었는데 누구도 몰래 궤 속에 숨겨두고 보물로 삼았다. 뒤에 백두산에서 내려왔다는 도인 한 사람이 이를 알고 자기에게 넘겨줄 것을 청하였으나 목수가 거절하자 도인은 크게 화를 내고 가버렸다. 목수가 집에 돌아와 궤를 열고 보니 거울이 없어졌다. 목수는 그 도인을 의심하고 급히 쫓아갔으나 도인은 달빛 교교한 부르하통하로 들어가더니 가뭇없이 사라져버렸다.

이 외에도 부르하통하에는 많고 많은 전설이 전해져 내

려오고 있다고 한다.

청나라 태조 때 기병대가 군량이 떨어져 기진맥진하며 부르하통하에 이르렀다. 교교한 달빛에 일행이 강을 건너려고 하니 괴상하게도 물속에서 불빛이 하늘의 별자리처럼 촘촘히 빛나는지라 하도 이상하여 급히 강을 건너가 강둑에 올라 다시 뒤돌아봤다. 하지만 강바닥에 불빛이 여전히 밝은지라 한 병사가 급히 군영으로 달려가 우두머리인 우록(牛錄)에게 아뢰기를 "이 강엔 불빛이 괴상한지라 오늘 밤의 빛은 필시 진주의 빛일 것이오니 강에 들어가 진주를 캐는 것이 어떠하옵니까?"라고 했다.

우록이 그 병사를 따라 강가로 나가 보니 과연 물밑에 불빛이 괴상한지라 즉시 병사들을 이끌고 강에 들어가 불빛을 따라 숱한 조개를 캤는데 모두가 진주였다. 그런데 이상하게도 새벽이 날이 밝자 불빛도 조개도 보이지 않았다. 후에 그날 밤 얻은 진주로 은전을 바꾸어 군량을 보충하여 크게 승전했다 한다.

진주가 그날 밤에 교교한 달빛 아래 빛을 발사하고 조개로 둔갑한 것은 하늘의 도우심이라고들 말했다고 한다.

▌약력

원　명 - 정룡범

아　호 - 매상, 효두

펜네임 - 정미소, 해림

일　명 - 하오동, 안정

1959년 7월 23일 중국 연길현 하오동에서 경주 정씨 장자로 출생

연변대학 조선언어문학전업수료

농민, 소학교 교원, 중학교 교원, 방송국 기자, 문화국 창작원, 신문사 특약기자 등 직종에 근무

중단편소설, 산문, 시, 수필, 실화, 가사, 평론, 희곡, 잡문, 동화, 민담 등 작품 1,000여 편(수) 발표

한얼패상, 연변일보문학상, 향토수필상, 화신문화상, 정음상, 라지오문학상, 송원컵대상, 국제언론1등상, 해외동포문학평론우수상, 한국농촌문학상, 2008한국KBS서울프라이즈우수상 등 53차 문학상 수상

▌저서

《어휘묘사실용수첩》(공저) 1994년 연변인민출판사

《호랑이를 이긴 산토끼》 1998년 료녕민족출판사

《함경도사람》 2005년 한국학술정보(주)

《구제비둥지》 2005년 한국학술정보(주)

《달나라게집》 2006년 한국학술정보(주)

《웅달골무꽃》 2006년 한국학술정보(주)

《진달래혼취》 2006년 한국학술정보(주)

《아리랑고개(반도 인물전)》 2009년 한국학술정보(주)

《오작교 유래(반도 설화집)》 2009년 한국학술정보(주)

《고수레전설(반도 민속편)》 2009년 한국학술정보(주)

《주무랑마봉(중국 전설집)》 2009년 한국학술정보(주)

《해란강여울(간도 가이드)》 2009년 한국학술정보(주)

《일본기모노(세상 나들이)》 2009년 한국학술정보(주)

《오봉산희비(연변 기행문)》 2009년 한국학술정보(주)

중국연변인민방송국 문학부 부장

연변작가협회산문창작위원회 위원장

중국소수민족작가협회회원,

한국해외문화교류회 중국측리사

E-mail:za723@hanmail.net

문화시리즈❺ 간도 가이드

해란강여울

초판인쇄 | 2009년 3월 20일
초판발행 | 2009년 3월 20일

지은이 | 정호원
펴낸이 | 채종준
펴낸곳 | 한국학술정보㈜
주 소 | 경기도 파주시 교하읍 문발리 513-5 파주출판문화정보산업단지
전 화 | 031) 908-3181(대표)
팩 스 | 031) 908-3189
홈페이지 | http://www.kstudy.com
E-mail | 출판사업부 publish@kstudy.com

등 록 | 22,000원
가 격 |

ISBN   978-89-534-1117-3 94810 (Paper Book)
       978-89-534-1118-0 98810 (e-Book)
       978-89-534-1076-3 94810 (Paper Book Set)
       978-89-534-1094-7 98810 (e-Book Set)